altamarea

Primera edición en esta colección: noviembre de 2025
Título original: *Останнє бажання*

altamarea.es
altamarea@altamarea.es

Diseño de la colección: Sara Maroto Hebrero
Corrección: Nora Sukia Zabala

ISBN: 978-84-10435-78-0
DL: M-23564-2025

UKRAINIAN
BOOK
INSTITUTE

This book has been published with the support of the Translate Ukraine Translation Support Program

Este libro se ha publicado con el apoyo del Programa de Apoyo a la Traducción Translate Ukraine

Impreso en España por Solana e Hijos Artes Gráficas en octubre de 2025

EUGENIA
KONONENKO

El último deseo

BARLOVENTO

Valeri Ivak se despertó antes del amanecer. No es que tuviera ninguna necesidad de levantarse temprano, pero de pronto se encontró pensando en su hijo, al que no veía y del que no sabía nada desde hacía mucho tiempo. Claro que no es algo que nos deba extrañar entre padres ya entrados en canas, pero de espíritu aún joven, y sus hijos adultos. En verdad no estaba nada preocupado por él. ¿Qué podría pasarle a un chaval joven y afortunado como su hijo? Aunque siempre existe la posibilidad de que pase algo, eso es innegable. Sea como fuere, la realidad es que se había despertado de sopetón con una desagradable sensación entre la garganta y el estómago en una habitación de hotel más que pasable, con unas incongruentes 5:48 en un reloj que parpadeaba en medio de la oscuridad. Pero, junto con la neblina de la ansiedad crepuscular, le atravesó como un meteorito el recuerdo de cómo en sus años de juventud sus propios padres o los padres de su mujer lo habían atosigado, y cómo sus ataques de ansiedad —¡ay!, ¿cómo estarán los niños?— eran utilizados como una excusa para finalmente inmiscuirse en sus asuntos. Pero si, por el motivo que sea, su hijo «lo ha despertado» así, de repente, ¿qué se supone que tiene que hacer? ¿Quizás debería llamarlo? ¿Escribirle un correo electrónico?

Valeri se deslizó de la cama y encendió el portátil. La velocidad de Internet del hotel era exasperante, así que le dio tiempo a ducharse. En el navegador podían verse las últimas páginas abiertas: Yahoo!, Google y Facebook. Entre sus amigos está su hijo, Paul Ivak. No está de más entrar de cuando en cuando en su página. Como forma de comunicación es realmente útil, uno puede acceder a información sobre sus amigos y conocidos, siempre y cuando, claro, la hagan pública... Paul Ivak acababa de publicar algo una hora antes, y ya tenía 136 «me gusta». Eso significa que todo está en orden. Aquella sensación de ansiedad había invadido la oscuridad del hotel de Varsovia por error. La angustia que había despertado a Valeri Ivak antes del alba no era fruto de su afilada intuición, sino de haber dormido del lado equivocado.

> Nací y crecí en la Ciudad de los Edificios Grises, también llamada la Ciudad de las Siete Colinas, o la Madre de todas las Ciudades Rusas, o, simplemente, la Capital. Pero para mí siempre será la Ciudad de los Edificios Grises que inundan mi ciudad natal. Y, si alguna vez vuelvo a visitarla, seré bienvenido en al menos tres de esos edificios. Mi padre, Valeri Ivak, nació en uno de ellos. En el otro nació mi madre, Marina Solonenko. Mi abuelo paterno fue miembro del KGB y mi abuelo materno, un disidente durante la década de los sesenta; el primero, hay que decirlo, era mucho más amable que el segundo.

Fíjate cómo se ha transformado todo esto en la cabeza del pequeño, pensó Valeri, haciendo clic en el *See more:*

> En un edificio gris de la calle Tolstói vivía una chica que se llamaba Lilia. Lilia fue mi primer amor, pero mis padres emigraron y me

separaron de ella. ¿Dónde estás, mi querida Lilia? ¿Aún vives en la Ciudad de los Edificios Grises? ¿O la abandonaste, como hice yo? ¿Y por qué no estás en las redes sociales? ¿O sí que estás, pero te escondes detrás de otro nombre?

Y dale con Lilia. Valeri sintió una irritación que, sin embargo, desapareció casi al instante. Todo aquello había pasado en otro tiempo, en otra vida, y ya hace mucho que no siente ni rabia ni emoción cuando recuerda uno de los periodos más desagradables de su pasado. Los padres de Lilia exigían enfurecidos a los padres de Pavló quién sabe qué, y no había forma de que bajaran del burro; el sexo entre menores siempre se había considerado como algo indecente. El conflicto con la familia de Lilia, a la que Pavló había seducido cuando ambos tenían menos de catorce años, había empujado definitivamente a Valeri Ivak y a su familia a resolver su para entonces dilema sobre si emigrar o no emigrar. Y sus vidas ya no se parecen en nada desde hace una eternidad. Y todo indica que, por fin, se han librado de los padres de Lilka. Aunque sigue habiendo otros fantasmas de la Ciudad de los Edificios Grises que se resisten a abandonarlos a él y a su mujer, y que tienen el delicado detalle de visitarlos de vez en cuando. Para su hijo, que dejó esa ciudad siendo aún adolescente, que estudió secundaria y entró en la universidad en su nueva tierra de acogida, donde hizo nuevas amistades, todo debería haber sido muy diferente. Pero, por alguna razón desconocida, de pronto aparece el nombre de Lilka en el espacio público de una red social, a pesar de todos los años que han pasado desde entonces.

Aparte del texto, Paul Ivak había publicado en su página una foto en blanco y negro escaneada, en la que podía verse un óvalo rodeando la figura de una niña que saluda desde lo alto de un balcón. Si aquel saludo no fue hace siglos, seguro que fue hace unas cuantas décadas. Valeri añadió el «me gusta» número 137 a la publicación de su hijo, desvió la mirada hacia la ventana y dejó un comentario:

Varsovia es también una Ciudad de Edificios Grises.

Su hijo respondió prácticamente al instante:

¿Estás en Varsovia? ¿Qué haces ahí?

Esta noche subiré algunas fotografías.

Es todo lo que supo de su hijo. El padre continuó con sus planes en la ciudad, entre los que figuraba la denuncia de la sociedad totalitaria y la glorificación del mundo libre. Tras la conferencia «Fe y totalitarismo», tuvo lugar la inauguración de la exposición fotográfica «Totalitarismo y familia». Y después de las mil veces repetidas palabras de agradecimiento que habían viajado de exposición en exposición, los visitantes se dispusieron a contemplar aquellas fotografías que, en su mayoría, habían tenido la fortuna de captar momentos únicos. En una de ellas puede verse a una pareja mayor, cogidos con fuerza el uno al otro, cruzando una plaza con el suelo resbaladizo intentando no caer.

—La abuela lleva unos zapatos preciosos. Polonia no era la URSS, y la industria ligera funcionaba mucho mejor en las democracias populares. Si en el que fue mi país se celebrara una exposición así, creo que lo más apropiado sería empezar con algo así como: «Cola infinita de camaradas para unos zapatos de invierno».

Luego estaba la fotografía titulada «Reunión con padres». Con una pizarra de fondo, podía verse a una profesora que declamaba encolerizada, con los ojos irradiando un intenso fervor por la educación de los más jóvenes. ¡Hay que ser un fotógrafo de verdad para capturar una *face* como esa! Era la encarnación del sadismo, la clásica profesora a la que los adolescentes más valientes no pueden evitar colocarle un petardo debajo de la silla.

—¿Y no podría ser una catequista?

—¿Y por qué no? —respondió el sacerdote, uno de los invitados de honor a la inauguración, sin amagar una triste sonrisa, a pesar de que todos a su alrededor se rieron.

«Sorprendidos» fue la instantánea que más llamó la atención de los primeros visitantes de la exposición. En ella aparecían los rostros asustados de dos enamorados, con los hombros desnudos, y un fondo que el fotógrafo había dejado borroso.

—Parece imposible que una foto así haya sido tomada espontáneamente, ¿no cree? —preguntó Valeri y, de nuevo, como si fuera un meteorito, un recuerdo atravesó la niebla de sus pensamientos; era el grito de la madre de Lilia, que había sorprendido a Pavló y Lilia en su cama de matrimonio, «¡justo encima del edredón!»—. ¿No es más creíble que los jóvenes estuvieran posando? Hoy en día, es una práctica habitual entre los profesionales de la fotografía. Aunque de lo que sí que estoy seguro es que supieron captar la esencia de aquella profesora de forma espontánea.

—Reconózcalo, señor Ivak, en aquellos tiempos todos podríamos haberrnos encontrado en la misma situación que esos dos encantadores jóvenes. El ojo escrutador del Partido y del Gobierno impedía incluso a los matrimonios poder disfrutar de las alegrías que nos brinda la naturaleza. Recuerde aquellas viviendas compartidas, estrechas, y la imposibilidad de irse a un hotel…

—Pero si son unas criaturas. ¡Es indignante, por muy tolerante que seas como padre!

—La libertad que disfrutamos hoy en día es también un gran desafío, tanto para los jóvenes como para los adultos —sentenció el sacerdote—. Que haya prosperidad no siempre garantiza que la gente se acerque a Dios de forma genuina.

—¿Quiere que le diga lo que pienso, padre? Yo, como persona laica que soy, y a pesar del profundo respeto que tengo por Dios, creo que la lealtad de las personas al Divino debe ponerse a prueba a través de la abundancia y el exceso de libertad, y no de la miseria más humillante y la represión.

Los invitados a la inauguración de la exposición aplaudieron a Valeri Ivak.

—Una persona debe ser digna de superar cualquier prueba en su camino hacia Dios —respondió el sacerdote.

—En su país la fe no estaba prohibida como lo estaba en el nuestro. —Ivak no se daba por vencido, y había despertado en él el fervor por la discusión—. Por cierto, cuando era joven conocí a una chica que había ido diez días a Polonia a visitar a sus familiares durante la democracia popular, y cuando volvió nos dijo sorprendida: «¡Dejan entrar a los jóvenes comunistas en las iglesias! ¡Y a las niñas las visten como si fueran novias!».

Esta vez una sonrisa apareció en el rostro del sacerdote.

—Entonces, ¿cómo es posible pasar la prueba si, en principio, no sabes qué es la fe? Porque cuando a alguien le ha sido revelada, entonces ya es imposible prohibírsela, esa persona seguirá creyendo bajo cualquier circunstancia, aunque sea en la clandestinidad. Y en nuestro país, el acceso a los fundamentos básicos de la fe fue bloqueado, porque desde la cuna los niños oían cómo todo el mundo se burlaba de los creyentes.

Los invitados a la inauguración asentían como si fuera Valeri a quien estuvieran escuchando.

—En realidad, yo mismo fui bautizado siguiendo el rito ortodoxo en el año 1988 después de Cristo. Pero ¿acaso eso me convierte en creyente?

—Por cierto, señor Ivak —intervino uno de los invitados que, junto con el sacerdote, permanecían en un semicírculo cerca de la foto «Sorprendidos»—, dejemos de lado su fe, no es algo de lo que deba hablarse en público; la verdad es que usted viene de un mundo totalitario, del mundo de aquellas profesoras. —El hombre señaló la foto que tenía al lado—. Pero… usted no ha vivido nunca en Polonia…

—No, solo vengo de vez en cuando.

—Pero habla muy bien nuestro idioma. Y estoy seguro de que no solo el nuestro.

—En los años sesenta aprendimos polaco para poder leer las obras de escritores extranjeros que no se publicaban ni en ruso ni en ucraniano. Kafka, por ejemplo. Además, yo estudié en la Facultad de Filología Eslava. Era una especie de santuario para los hijos de escritores.

—Entonces, ¿usted viene de una familia de escritores?

—Mi padre trabajaba en el aparato. Exacto, sí, en aquel mismo… En los servicios de inteligencia. Durante su época más siniestra. Luego, se recicló como escritor soviético y se dedicó a una literatura que no leía nadie. Aun así, consiguió escribir algunos relatos de cierta calidad.

Los invitados a la inauguración de la exposición fotográfica «Totalitarismo y familia» se cansaron de escuchar a Valeri Ivak y se dispersaron por la sala. Sin embargo, uno de ellos se acercó a Valeri. Otro se quedó a su lado, seguramente para poder escuchar lo que decían.

—Así que usted es hijo de Iván Ivak…

—Exactamente. Eso ya no me lo quita nadie.

—No sabe lo contento que estoy de conocerle. Mi difunto padre tradujo al polaco un relato del suyo titulado *El verdugo.*

—Ya... No mata, la verdad, aunque mi padre parecía estar muy orgulloso de que todos los países con democracia popular contaran con una traducción de este relato. ¿Sabe cómo lo llamaban sus compañeros? «El verdugo», así, en español.

—Lástima que opine eso sobre *El verdugo.* No he tenido el placer de leer ningún otro relato de su padre, pero piense que... ¡crecí con él! ¡Qué ironía tan fina, la suya! ¡Con qué sutileza se burlaba de la literatura del totalitarismo!

—¿De veras? En mi opinión, es un texto normal y corriente al son de la época. Y no es que fuera precisamente la mejor en la historia de nuestra bendita nación.

—¡No, es usted terriblemente injusto con su padre! ¡Vuelva a leerlo, de verdad! —gritó el hijo del traductor al hijo del escritor, y se apresuró a dar por terminada la conversación, ya que, por fin, entró por la puerta una mujer con una bandeja llena de copas con las que se serviría una libación en honor a la exposición «Totalitarismo y familia».

En aquel instante, el invitado que había escuchado toda la conversación asaltó a Valeri Ivak. Hacía rato que Valeri se había fijado en él, seguramente por su extraña apariencia o quizás no tanto por su apariencia como por su atuendo. Los demás invitados vestían de manera *casual:* los hombres con traje o jerséis oscuros, las mujeres con vestidos oscuros, algunas cubiertas con un pañuelo o un chal, también de color oscuro, y el sacerdote con sotana. El invitado en cuestión también llevaba un jersey oscuro y pantalones vaqueros negros o azul marino, pero lucía un llamativo chal a rayas enfundado alrededor del cuello, con un extremo colgando por debajo de la cintura y el otro echado sobre el hombro. La primera vez que se fijó en él y en su chal, Ivak pensó que quizás se trataba del artista que había montado la exposición, porque tenía un aspecto extremadamente bohemio. Su cabello era rubio y espeso, y las mejillas algo femeninas, aunque es posible que se hubiera afeitado una hora antes de ir a la inauguración. El hombre sonrió amablemente a Valeri.

—¡No sabe lo que me alegra conocer por fin al hijo del escritor Iván Ivak! Mi nombre es... —Los invitados, ahora ya con las copas en la mano, rieron a carcajadas en ese mismo momento; por eso Valeri Ivak no pudo oír el nombre de su interlocutor, y tampoco se atrevió a preguntárselo. Le pareció que el hombre había pronunciado un nombre de tres sílabas, con el acento en la última, y un apellido de dos sílabas con el acento en la primera. Creo que ya nos hemos visto antes, pensó Valeri, a la vez que una idea atravesaba su mente como un rayo: pensamos lo mismo de la mitad de los desconocidos con los que nos encontramos. En esta galaxia infinita de rostros humanos con los que nos cruzamos a lo largo de nuestra vida, hay muchos que se parecen entre sí.

»Por fin puedo devolverle lo que lícitamente le corresponde —dijo el hombre del chal—. La cadena era bastante larga. ¡Yo solo he sido el último eslabón en el viaje de este manuscrito, que estaré encantado de entregarle!

—¿De qué me habla? ¿A qué cadena se refiere?

—Tengo en mis manos el manuscrito de la última novela de su padre, que tituló *El último deseo.* ¿Que cómo acabó en mis manos? Por lo que yo sé, su padre murió en el despacho de la editorial, donde trabajó hasta sus últimos días...

—Al menos eso me contó mi hermana en el funeral... —Valeri empezó a escuchar con atención, mientras cruzaba por su mente la idea de que hacía ya más de diez años desde que había visto a su hermana por última vez. Su sobrino Mijás los había visitado en alguna ocasión, pero su hermana y su esposo aún no habían encontrado el momento.

—Nadie precintó el despacho de donde salió su padre ya sin vida, y fueron más de uno los que consiguieron acceder a él. Alguien pudo haberse llevado el cuaderno antes de que su hermana fuera a por las pertenencias de su padre.

—Es posible, pero eso ocurrió hace ya tanto tiempo…

Mi padre murió un año antes de que llegara Internet, poco antes de que los teléfonos móviles inundaran nuestras vidas —pensó de repente Valeri—. Antes de su muerte, mi hermana Irina me enviaba alguna carta a través del océano, aunque raramente encontraba tiempo para hacerlo. A veces llamaba por teléfono a su casa. Y tras la muerte de nuestro padre, empezamos a enviarnos correos electrónicos.

—El cuaderno finalmente acabó en manos de una mujer que también falleció —continuó el desconocido—. No creo que su nombre le suene de nada, yo tampoco la conocía demasiado. Los que examinaron el archivo de la difunta y encontraron el manuscrito empezaron a buscar a sus herederos, es decir, a usted, a través de Internet. Pero resultó que vivía al otro lado del océano.

—Pero mi hermana se había quedado en Kyiv.

—Según tengo entendido, no supieron dar con ella.

—Pero si hasta tiene una página de Facebook. Claro que no es una *blogger*, ni nada que se le parezca, y la actualiza muy de cuando en cuando. Además, se cambió de apellido. Ahora es una Burkó. Irina Burkó. Y su hijo Mijailo también es un Burkó. Y tiene una página a nombre de Mike Burkó.

—Es posible que quienes los buscaban no conocieran el apellido de casada de su hermana. ¡Pero, por suerte, usted no se cambió de apellido, y tampoco de nombre! —El desconocido sonrió—. Y de su página hace tiempo que cuelga la información de esta exposición en Varsovia. Así que, si no tiene inconveniente, deje que le haga entrega del cuaderno.

Los dos hombres se acercaron al guardarropa, el invitado entregó una ficha y le devolvieron su gabardina. Un chal tan llamativo debe de quedar muy elegante con una gabardina así de larga, pensó Valeri de repente.

—Y aquí tiene su paquete, señor.

Valeri Ivak también entregó su ficha al encargado del guardarropa aunque, de momento, no parecía tener ninguna intención de irse. Se puso la chaqueta y se detuvo unos segundos delante del espejo. Mientras tanto, el hombre del chal colorido había desaparecido. Y el encargado del guardarropa había entregado a Valeri una bolsa de plástico con el logo del Duty Free del aeropuerto de Varsovia. ¿Es posible que aquel hombre enfundado en el colorido chal de bohemio volara a Varsovia solo para devolverle el contenido de aquel paquete? ¿Y dónde se había metido? Hace solo un momento estaba aquí.

Ivak miró de lado a lado del vestíbulo. No había nadie, y lo único que podía oírse eran las risas de los últimos acordes de la inauguración que venían de la galería, cuando el vino estaba ya a punto de agotarse. Tampoco se había oído ningún portazo, ni desde el baño, ni de las puertas de entrada. ¿Y si había entrado de nuevo a la galería? Pero, entonces, ¿para qué llevar aquella gabardina que planearía como una inmensa ala negra por toda la sala? Valeri se sentó un momento en una butaca del sombrío vestíbulo y sacó de la bolsa del Duty Free de Varsovia un gran cuaderno, escrito con la letra clara y familiar de su difunto padre. Es más, de repente recordó con nitidez que era el mismo cuaderno que Pavló le había regalado a su abuelo el día de su cumpleaños, que celebraron pocos días antes de partir. Las páginas del cuaderno estaban ligadas con una espiral y en la portada podía verse la imagen de un perro de ojos tristes y expresivos.

De regreso al hotel, Valeri Ivak aprovechó para comprarse una botella de vino. Era su última noche en una ciudad que había visitado en numerosas ocasiones, incluso durante la época soviética. ¿Es posible que el destino lo vuelva a llevar a ella en el futuro? De repente recordó los recientes elogios a su polaco, y las palabras sobre la engañosa confianza que uno tiene de dominar fácilmente una lengua cercana a la suya que, mucho tiempo atrás, había oído de su primer profesor de polaco.

Por cierto, ¿en qué lengua le había hablado el hombre del chal? Valeri recordaba perfectamente el contenido de la conversación, pero era incapaz de acordarse de una sola palabra de lo que le había dicho. El desconocido del chal podría haberle hablado en polaco, pero tenía la impresión de que lo había hecho en ucraniano. ¿O en ruso? Sí, sí, podría haberle hablado en ruso, que es la lengua en la que, a menudo, se dirigen a él sus antiguos compatriotas. Pero también podría haberle hablado en inglés, cosa absolutamente natural en un encuentro internacional, ¿no? ¿Qué fue lo que dijo exactamente? ¿Su padre? *¿Vash otiets? ¿Your father? ¿Pana ojciec?*

¡Qué casualidad! El mismo día que recibía una señal de su hijo, sucedía lo mismo con su padre. Algún motivo debía haber…

Oh, por algo rugían los cañones en los campos
y nuestra sangre se derramaba, y nuestros hermanos caían,
oh, por algo mi vieja madre
nos quitó a todos los ducados y las cruces.

Quién sabe por qué le vino a la cabeza aquel poema que Valeri tuvo que memorizar cuando aún estudiaba en la escuela.

—¡Nos los quitó para devolvérnoslos después! —suspiró Valeri. Y descorchó la botella de vino para verter el líquido rubí en la copa de la habitación del hotel. Abrió el portátil y revisó su correo, pero no había ninguna sorpresa. Y finalmente se acercó el cuaderno con el manuscrito de su padre.

El título estaba escrito con una tinta diferente a la del texto de la primera página. No había ninguna corrección. Así es como deben ser las obras literarias manuscritas. Lo más probable es que el padre reescribiera el borrador en limpio antes de morir. Y también que él sea el primero en leerlo. Incluso uno podría pensar que no lo hubiera escrito nadie. El cuaderno estaba prácticamente intacto, como nuevo, y en las esquinas de las páginas no había rastro de las huellas dactilares del autor ni de ningún hipotético lector. Valeri se lamió el dedo, frotó las letras de tinta, pero no logró desdibujarlas.

Era la letra familiar de su padre. Clara y legible. Cuando Valeri aún estudiaba primaria, su madre le recriminaba que nunca sería capaz de dominar aquel tipo de caligrafía. La misma en la que estaba escrita la última obra de su difunto padre. Y en aquel instante Valeri empezó a leerla.

El último deseo

A mi hijo Valeri
y mi hija Irina

PRIMERA INTRODUCCIÓN A LA AUTOBIOGRAFÍA

—¡Papá! ¡La madre de Lilia se ha suicidado! —gritó mi hija Írochka a primera hora de la mañana.

Me quedo trabajando hasta las tantas en la editorial, llego a casa muy tarde y duermo hasta casi mediodía en mi habitación. Mi familia nunca me molesta, aunque durante mi sueño matutino siempre los oigo levantarse y arreglarse en silencio para salir. Pero aquella mañana mi hija estaba hablando por teléfono, con una voz fuerte y estridente, y me arrancó de mi duermevela; me despertó y ya no pude volver a dormirme, incluso después de que todo se quedara completamente en silencio. Me levanté y, amodorrado, salí de la habitación mucho antes de lo acostumbrado.

—La madre de Lilka se ha suicidado —dijo Írochka en lugar de su acostumbrado «¡Buenos días!», cosa que explicaba su voz anormalmente estridente aquella mañana. Fui a tientas hasta la cocina, vestido aún con el pijama, y miré automáticamente el reloj, que entonces aún no marcaba ni las nueve. Mi nieto Mijás estaba sentado a la mesa.

—¿Hoy no vas a la escuela? —le pregunté de repente.

—Iré a segunda hora —respondió Mijás. Era evidente que estaba tan consternado por el suicidio de la madre de Lilka como lo estaba Írochka.

Sigo sin saber el nombre de aquella mujer, a la que en nuestra casa conocíamos simplemente como «la madre de Lilka». Un par de años atrás, mis dos nietos, Mijás y Pavló, y junto a ellos una niña de su misma edad, Lilia, hija de una amiga de mi hija, iban a clases particulares de inglés, un idioma que, por lo visto, era el más demandado del mundo. Su profesor vivía en el centro de la ciudad; no lo habría recordado si no fuera porque, los días que tenía clase, Pavló comía con nosotros y yo era el encargado de ponerle el plato en la mesa antes de irme a la editorial. Y, por lo visto, Pavló acabó llevándose a Lilia al huerto. Al principio, los niños se veían al salir de clase, en el apartamento de Lilia. Y cuando su aventura salió a la luz, todos reaccionaron airadamente. Primero, los padres de Lilia. Luego, mi hijo Valeri y mi nuera Marina, que siempre se habían mostrado tan abiertos y liberales, y que tantas veces y con tanta dureza se habían enfrentado a los viejos retrógrados como yo o los padres de Marina. ¡Llegaron a obtener unas cuantas victorias en el campo de batalla! Incluso la «tía Ira», es decir, mi hija Írochka, que había heredado de mi difunta esposa, su madre, un carácter amable y un cabello rubio y exuberante, acabó participando en el acoso y derribo a Pável y Lilia.

Yo salí en defensa de mi nieto porque soy muy consciente de lo que significa cuando dos jóvenes se aman como lo hacen los adultos. Y lo hice con firmeza y determinación en cuanto me di cuenta de lo que estaba sucediendo realmente, porque nunca me involucraban en ese tipo de discusiones y estuve mucho tiempo sin saber nada de lo que había pasado.

—¿Quieren mutilarlo de por vida? ¿Para que cada vez que vuelva a abrazar a una mujer se acuerde de cómo lo sorprendieron con Lilia? ¡Cuando los niños buscan el contacto sexual precoz, nos están enviando una señal evidente de la falta de afecto en la familia!

—Nunca he visto nada tan terrible en mi vida como la familia de Lilka —respondió Valeri—. ¡Son auténticos monstruos, no tienen ni una brizna de humanidad! Es imposible imaginar que en el mundo exista gente peor. ¡Y fue nuestro querido Pavló quien me la «presentó»!

—Y tú, ¿siempre fuiste una persona tan santa?

—¡Yo empecé cuando ya era mayor de edad! ¡Y esa desgraciada, la madre de Lilka, nos reclama el dinero para una operación que le devuelva a su hija la virginidad perdida! ¿Sabes cuánto cuesta eso? Cuando yo empecé a salir con chicas, ¡tú no tuviste que pagar nada!

—Yo he costeado muchos de tus proyectos, Valeri… Dile a los padres de Lilia que te envíen el presupuesto de la operación y una justificación de por qué es necesaria. Y diles que solo pagarás por orden judicial, y solo si hay un perito presente —le aconsejé con calma.

Poco después, Valeri y su familia se fueron al extranjero en busca de una vida mejor. Y allí están hasta el día de hoy. Parece que han logrado sobrevivir en tierra extraña. Justo antes de irse, celebramos mi cumpleaños. Era más que seguro que Valeri, Pável y Marina se marcharían pronto, ya tenían los billetes de avión. Fue entonces cuando Pavló me regaló un enorme y formidable cuaderno de importación. Nunca había visto nada igual. Tenía las páginas ligadas con una espiral, y en la portada figuraba una foto en blanco y negro de un precioso y tierno cachorro de mirada asustadiza. La foto parecía haber sido tomada desde arriba. Ahí está. Porque todo lo que estoy escribiendo, lo hago en este mismo cuaderno.

En la fiesta de cumpleaños, invité a Pável a mi habitación, y este me pidió que, como recuerdo, le prestara un libro de mi biblioteca. Yo le dije que cogiera el que quisiera… Y entonces me contó que los padres de Lilia habían organizado una «reconstrucción de los hechos»; les habían pedido que se acostaran como lo habían hecho el día en que los sorprendieron. Como los niños negaban haberlo hecho, se limitaron a tumbarse y a besarse. Fue así como los padres de la niña demostraron a Valeri y Marina que era imposible «solo besarse» en aquella posición. De verdad que era una familia de monstruos.

—También nos obligaron a desnudarnos. Como aquel... —Los labios y las manos de Pavló empezaron a temblar. El muchacho había decidido, quizás por primera vez en su vida, tener una conversación sincera con su abuelo. Por primera, y por última vez—. ¡Gracias, abuelo, por defendernos!

—Cuando yo tenía tu edad, también tuve una aventura con una chica igual de joven. Fue durante la ocupación alemana de Kyiv.

—¿De verdad? —preguntó Pável entusiasmado—. ¡Cuéntame!

—Estoy seguro de que nos volveremos a ver, hijo. Y entonces te lo contaré todo con pelos y señales. Encontraré cómo hacerlo, no te preocupes. Incluso si no volvemos a vernos nunca más.

Esto ocurrió el invierno pasado. O el antepasado. Y esta primavera, «la madre de Lilka» se suicidó.

—¿Y cómo lo hizo?

—¡Se ahorcó, papá! ¡Tenías que haberle visto la cara! ¡Estaba como desfigurada, con la lengua morada colgándole de la boca! ¡Y con los ojos fuera de las órbitas! —Una amiga de Irina era vecina de los padres de Lilia, y fue a ella a quien, asustada, corrió a buscar Lilia la noche en la que encontró a su madre ahorcada en la bañera. No fue a buscar a su padre, aunque el hombre estaba en aquella misma casa.

Írochka me contó con todo lujo de detalles lo que le había dicho su amiga, que acababa de convertirse en una participante más de aquel suceso. Yo empecé a tener otro ataque de neumonía, con la que llevo conviviendo durante casi cincuenta años. Primero, una tos terrible estuvo a punto de ahogarme, y luego me quedé inmóvil, con la cara azul y sin poder respirar. Me apoyé contra la pared, aún en pijama, incapaz de limpiarme el sudor que me caía por la frente. Írochka siempre me ayudaba cuando me ponía así, pero esta vez no se dio cuenta de lo mal que estaba y siguió contándome los terribles detalles del suicidio de la madre de Lilka.

Estuve varios días sin poder ir a la editorial, en casa, postrado en la cama y clamando a la muerte, sabiendo que no vendría.

Mi esposa Liuba, que murió en tiempos de la perestroika de una enfermedad cosa de mujeres, me decía:

—¡Iván! No hay nada peor que el dolor en el bajo vientre. Que sea en cualquier otro lugar del cuerpo, pero no, allí no, por favor. El más ruin de los infiernos se esconde donde una vez residió el placer. ¿Tendrán razón los que sostienen que es el peor de todos los pecados?

—¿De qué pecado hablas, Liuba? Tú solo hiciste el amor conmigo estando ya casada.

En cambio, mi madre, que murió dos meses antes que Liuba a causa de un tumor cerebral, me decía:

—¡Iván! ¡No hay nada peor que el dolor de cabeza! ¡Que sea donde sea, pero no, en la cabeza no! ¡Es la parte más importante de una persona! ¡Es de allí de donde vienen todos nuestros pensamientos! —No es que mi madre fuera una gran pensadora, pero aquellas palabras suyas, como las de mi esposa, permanecerán en mi memoria mientras viva.

Y yo que me digo, Iván, no hay nada más aterrador que cuando a uno le falta el aire, pero, por el motivo que sea, no se muere. Es horroroso, desear la muerte y seguir respirando. Así estoy desde hace una eternidad, puede que desde la muerte de Liuba.

Ahora que el ataque de neumonía ha remitido, he vuelto a la editorial. Írochka se disculpó por haberme provocado el ataque sin querer. Le respondí que no estaba enfadado con ella. Solo me enfadé cuando atacaron a Pável como una jauría. Írochka respondió que ahora era ella la que estaba enfadada consigo misma. Después de todo, fue ella la que sugirió que Lilia también fuera a clases con los chicos. ¡Solo para ahorrarse un poco de dinero! Pero ¿a quién se le hubiera ocurrido que todo acabaría así? ¿Qué sentido tenía despotricar de «la madre de Lilka», por mucho que la difunta les hubiera chupado la sangre a todos? Fuera lo que fuese, la cosa acabó de la peor de las maneras posibles. La enterraron en un ataúd cerrado. Ira estuvo en el funeral. Vio a Lilia. Pobre niña. Esto es lo que pasa cuando una transgrede las leyes de la propia naturaleza, dijo la hija después del funeral.

Por lo que yo sé, Irina nunca escribió a Valeri para explicarle lo sucedido. Y cuando llamó, no le dijo ni una sola palabra. ¿Para qué? Suficientes problemas tendrán en tierra extraña, pensaba.

* * *

A Valeri se le atragantó el vino y estuvo a punto de ahogarse con la tos. Sí, no tenía ni idea del suicidio de «la madre de Lilka». Después de emigrar, solo había vuelto una vez a su ciudad natal, para asistir al funeral de su padre. Fue solo, sin Marina ni Pável. Y hace unos años, Mijás vino a verlos y se quedó durante un mes aproximadamente. Pavló ya no vivía con sus padres, pero vino a ver a su primo. Nadie mencionó a Lilka. Es posible que los chicos hablaran de ella, pero durante las numerosas comidas conjuntas nadie pronunció su nombre. No porque tuvieran miedo, sino porque esa historia ya formaba parte del pasado.

¡Qué imaginación la de Pável! ¡Menuda historia le había contado a su abuelo sobre aquella «reconstrucción de los hechos»! Sí, era verdad que los tres habían ido al edificio gris de la calle Tolstói, pero se lo pensaron dos veces antes de hacerlo. Sin embargo, las llamadas de la familia de Lilka fueron tan y tan insistentes que, finalmente, Marina y él accedieron. Los padres de Lilka consiguieron los números de teléfono de las organizaciones en las que trabajaban Valeri y Marina antes de irse, así como de la escuela donde estudiaba Pavló. Llamaron a todo el mundo y les contaron cosas tan perversas sobre su familia que costaba incluso imaginarlas.

Pavló tenía toda la razón del mundo cuando un día, ya de adulto, recordando aquel periodo tan salvaje de sus vidas, les dijo a sus padres que lo más horroroso no fue que los padres de Lilka llamaran a todo el mundo y les contaran cosas increíbles sobre los Ivak. Lo más terrible fue que les hicieran caso, tanto en el trabajo de sus padres como en la escuela del hijo. Por cierto, esto nunca hubiera ocurrido en el país donde encontraron su nueva patria, aunque allí también hay muchas cosas difíciles de aceptar. Pero son otro tipo de cosas.

Lo cierto es que aquella «reconstrucción de los hechos» que los padres de Lilka intentaron organizar nunca existió. ¿Quién podía hacerles caso a unos enfermos como aquellos? Cuando el padre de Lilka ordenó a Pavló y a Lilia que se colocaran en la posición en la que los habían sorprendido, Marina y él empezaron a gritar como poseídos: «¿Os habéis vuelto locos, o qué? ¿Para esto nos habéis llamado? ¡Estáis como cabras! ¡Deberían encerraros en un manicomio!». Pavló y Lilia se quedaron a un lado, cogidos de la mano, pálidos y silenciosos, como si estuvieran a punto de ser ejecutados de la más cruel de las maneras posibles.

Claro que Pavló había quedado traumatizado, y que nunca se olvidaría de ello. Pero no pasó nada de todo lo que le había contado a su abuelo. Alguna razón tendría para inventárselo mientras hablaba con él. Valeri recordó que el abuelo y el nieto fueron al despacho aquella noche y que no salieron hasta al cabo de un buen rato. Es muy posible que el padre se creyera todo lo que le había contado Pável.

El portátil de Valeri emitió un pitido. Los organizadores de su viaje a Varsovia acababan de publicar un álbum de fotografías en su página. Valeri le echó una ojeada, tras dejar a un lado la libreta y el álbum de fotos de sus padres. En una de las fotografías podía verse al hijo del traductor polaco, y en otra al sacerdote. Y en otra aparecían las enormes fotografías en blanco y negro colgando de las paredes blancas de la galería. Pero aquel desconocido del chal de colores que le había entregado la libreta no aparecía ni en una sola imagen de la exposición «Totalitarismo y familia». También había unas cuantas fotografías de la Varsovia gris en pleno mes de diciembre. Valeri se acordó de que le había prometido a Pavló enviarle algunas fotos de la ciudad. No seleccionó ninguna foto en particular, y decidió publicar en su página el álbum completo. Acto seguido, volvió a sumergirse en la libreta de su padre con el cachorro en la portada.

SEGUNDA INTRODUCCIÓN A LA AUTOBIOGRAFÍA

Tras el suicidio de la madre de Lilia, me propuse analizar en profundidad la mejor forma de seguir su ejemplo. Los brotes de mi enfermedad pulmonar se volvieron tan y tan insoportables que no había necesidad de morir para experimentar el infierno. Quizás EL infierno sea algo diferente, quizás ni siquiera sea tan aterrador.

El médico de la clínica para funcionarios públicos me dijo que no era aconsejable ir al hospital, que allí aún sería peor.

—Pero ¿qué puede ser peor que esto?

—No tiente ni a Dios ni a la suerte —respondió el médico—. Estos achaques suyos no desaparecen de un momento a otro, y suelen durar horas. Si le ingresan, nos veremos en la obligación de salvarle la vida, lo que a menudo alivia la sensación de asfixia, pero hace que la cosa se alargue más de lo deseado.

Era un médico experimentado y sabía de lo que hablaba. Así que le hice caso y no ingresé en el hospital. Aunque los medicamentos que me recetó me ayudaron solo al principio; luego, tal y como el hombre me advirtió, se limitaban a empeorar mi ya de por sí delicado estado de salud. Y solo cuando dejaba de ingerir una pastilla tras otra, que, por si fuera poco, se fundían toda mi pensión, la tos se iba calmando y los espasmos en las vías respiratorias remitían paulatinamente. Para aparecer de nuevo al cabo de unas pocas semanas.

Así, pues, la cuestión sobre cómo abreviar mi sufrimiento era más acuciante que nunca. Creo que lo que allí me espera no es ni un paraíso ni un infierno, sino un sueño eterno del que nunca voy a despertar. Lo del paraíso es una mentira. Y el infierno… El infierno es esto de aquí. Y hay que encontrar la manera de escapar de él. Pero no puedo acabar con mi vida con una cuerda. Tengo muchas razones para no colgarme, pero la principal es que no puedo hacerle una jugada como esta a quien sea que me encuentre. Sobre todo, si es mi Irina; ella es la que me cuida, y la que peor lo ha pasado con la muerte de «la madre de Lilka». Y eso que no la vio con sus propios ojos…

Una vez, ya hice un primer intento de abandonar este mundo. Fue cuando me tomé un paquete entero de somníferos. Sería como si me hubiera quedado dormido hasta mediodía, pensé, y nadie viniera a buscarme. Pero en lugar de un sueño eterno, lo único que vino fueron unos vómitos terribles que me obligaron a arrastrarme hasta el baño; luego Irina tuvo que limpiarlo, y también vino una ambulancia, y luego un lavado gástrico… ¡Oh, Dios mío, ten piedad de mí!

Ya estamos en mayo y el verano está cada vez más cerca. Años atrás, la neumonía remitía durante los meses de más calor, para regresar en otoño. Pero ahora también tiene a bien visitarme en los días cálidos. La última vez, como ya he dicho antes, apareció el día en que murió la madre de Lilka. Y prometió no tardar en volver. Así que, el primer día que salí de la editorial después de mi último achaque, decidí intentarlo de nuevo.

En verdad, no fui yo el que lo decidió, ocurrió por sí solo. Después de pasar por los jardines de Zoloti Vorota, en lugar de girar hacia mi casa continué por la calle Volodymyrska en dirección a la catedral de Santa Sofía. ¿Que por qué fui precisamente en aquella dirección? Ni idea. Era una tórrida noche de verano, la ciudad dormía plácidamente, no había ni una sola alma en las calles, y solo muy de vez en cuando se oía el ruido de un coche. Entonces vi cómo, desde la distancia, en medio de una calle vacía, un coche enorme con unas ruedas descomunales se dirigía a toda velocidad hacia mí. Me tiré al adoquinado y, al caer, no sentí ningún dolor. Oí un chirrido aterrador. Aquel gigante negro había logrado frenar a tiempo. De pronto, un hombre saltó del jeep y, renegando a diestro y siniestro, me levantó por las axilas y me arrastró hasta la acera.

—¡Abuelo! ¡Que no quiero que me encierren por tu culpa!

—¡Tranquilo, hijo mío, tranquilo! ¡Nadie te va a encerrar por mi culpa!

—¿No podías haber elegido un lugar mejor para lanzarte a las ruedas de un coche? ¡Tenías que hacerlo aquí, justo debajo de este edificio gris! ¡Lánzate en la carretera de Brovary, si quieres, y ya verás como te atropello! ¡Pero aquí no, aquí no me da la gana!

Me dejó junto a un árbol en el borde de la acera y se fue. Y yo volví a los jardines de Zoloti Vorota y me senté en un banco a la vera de la fuente. Me encantan las noches en estos jardines; es entonces cuando me olvido por un momento de todas las cargas de mi vida. La lástima es que aquella noche sentía un dolor cada vez más intenso en la mitad magullada de mi cuerpo, y pensé que, aunque me lanzara de cabeza desde un décimo piso, lo más probable es que no me matara y me quedara lisiado para el resto de mis días. Me dolían el costado y el brazo izquierdos, sobre los que me había lanzado debajo del coche. Me dolía todo. De la oreja a la rodilla.

Aquel atentado contra mi propia vida solo había hecho mi infierno un poco más cruel.

Me senté en un banco y apoyé la cabeza en las rodillas. A la izquierda se oyó el ruido de unos tacones. A pesar de aquel dolor que me consumía, logré darme la vuelta. Una mujer estaba de pie junto al banco. Era una mujer mayor, muy mayor y huesuda. Pero no, no era la muerte. En las manos no tenía una guadaña, sino un bolso de fiesta. Llevaba una blusa de tela ligera con volantes en el cuello y los puños, una falda oscura y ajustada que le llegaba hasta media pierna, y unos tacones altos. Su rostro era anciano, con arrugas y manchas de la edad, llevaba el denso cabello gris recogido en un moño, y de las orejas colgaban unos magníficos pendientes. Tenía una elegancia siniestra, como si realmente viniera del más allá.

Aquella mujer estaba allí, de pie, junto al banco y me miraba con sus ojos sorprendentemente claros. Yo también la miré atentamente, fijándome en su frente alta y arrugada, sus pómulos marcados y aristocráticos, y sus mejillas hundidas. Debería haberme levantado o haberla invitado a sentarse a mi lado, pero no hice ni una cosa ni la otra. Empezamos a hablar así, yo sentado con el cuerpo encorvado y ella de pie a mi lado, ligeramente inclinada hacia mí.

—Ha llegado el momento de dejar de escribir por dinero y hacerlo para la eternidad. Solo entonces será liberado —dijo con una voz suave y melodiosa, que no parecía la de una vieja.

—¡De qué dinero habla! La última vez que me pagaron por escribir fue en 1990 —le dije yo de malas maneras.

—Insisto, deje de escribir sobre lo que ya le ha dado dinero. Ha llegado la hora de escribir la verdad.

—¡Pero si firmé un acuerdo de confidencialidad! La gente como yo se lleva la verdad a la tumba.

—Entonces deja de escribir —me respondió la mujer—, y verás como tú y tu verdad os seguís lanzando cada noche a las ruedas de los coches hasta el fin de la eternidad. Y los conductores seguirán frenando y arrastrándote hasta la acera. Deja de escribir si lo que temes es ser descubierto.

—¿Y sobre qué quieres que escriba? ¿Y a quién? ¿Y quién lo va a editar?

—Qué más da quién lo edite. Lo importante es que lo escribas. Y tú ya has empezado a escribir en esta libreta con las hojas ligadas en espiral y la foto de un cachorro en la portada.

—¡Ah, ya sé quién es usted! ¡Es Liusia, la señora de la limpieza de nuestra editorial! —exclamé con alegría, recordando a la mujer mayor, alta y huesuda, que iba con una fregona por el pasillo y los despachos de nuestra editorial y, por un momento, me sentí aliviado. Siempre me siento mejor cuando consigo resolver este tipo de misterios.

—No, ni me llamo Liusia, ni soy ninguna señora de la limpieza, y tampoco trabajo en ninguna editorial —respondió la mujer con toda la dignidad posible, y entonces me arrepentí de haber ofendido a una mujer que quizás era actriz y no una señora de la limpieza—, pero tú sigue escribiendo, es la única manera que tienes de… sobrevivir… o, mejor dicho, de morir. Escribe y no pienses en si vas a ser descubierto o no.

—¡Pero mi compromiso aún sigue vigente, nadie lo ha cancelado!

—En ese caso, deja de escribir. —La mujer se encogió de hombros y se esfumó. Y ahí me di cuenta de que la única manera de salir del infierno y encontrar la paz era volver a la editorial en aquel preciso instante. Hay cosas que uno no puede dejar ni siquiera para la mañana siguiente. Lo único que tengo que hacer es encontrar esta misma noche la libreta con el cachorro en la portada que mi nieto Pavló me regaló el día de mi cumpleaños. Ojalá que todo le vaya bien.

* * *

Las fotos de Varsovia que había publicado acumulaban un «me gusta» tras otro. Pero no en la página de Valeri, sino en la de su hijo. No conocía a ninguno de los amigos que Pavló tenía en las redes sociales, y tampoco tenía ni idea de qué los había impulsado a reaccionar tan decididamente al álbum de fotos de su padre. Pavló había escrito que nunca había estado en Varsovia, pero que le encantaría visitar la capital de Polonia. Valeri añadió que traería algo interesante de Varsovia, pensando en el manuscrito de Iván Ivak. «Tengo en mis manos la libreta que le regalaste al abuelo antes de marcharnos». En lugar de una respuesta, Paul Ivak publicó inmediatamente una foto del cachorro de la portada, y Valeri ni siquiera se inmutó. En Internet hay de todo. Incluso fotos de portadas de libretas que tienen más de quince años.

Pero Valeri Ivak no era el único que estaba pendiente de la página de su hijo aquella noche. En al menos dos pantallas de ordenador más aparecían y desaparecían las fotos de Varsovia.

—Está en Varsovia, aquí al lado. ¿Qué haremos si aparece? —dijo Mijás, el primo hermano de Pavló.

—Ya lo pensaremos cuando aparezca —respondió su novia, Lilia, con quien vivía desde hacía años en una de las casas grises en las afueras del oeste de Kyiv—. ¡Mira, Pavló acaba de colgar la foto de un cachorro con unos ojos enormes!

Mijás entró en la página de Pavló y vio una imagen que recordó inmediatamente.

—Es la misma de la portada de la libreta que le regaló al abuelo Iván el día de su cumpleaños.

—¿Cómo lo sabes?

—¿Cómo no voy a saberlo? Celebramos el cumpleaños en nuestra casa de la calle Chapáyev. Fue la última vez que nos reunimos todos, el día que despedimos a Valeri, Marina y Pavló. El abuelo se emocionó muchísimo cuando Pavló le regaló aquella libreta.

—Es un cachorro precioso, se parece a Azyk —dijo Lilia—. ¿Te acuerdas de Azyk?

Azyk (abreviatura de Lázaro) era el perro de Gavryl Matviiovych, su profesor de inglés, el mismo que les daba clases particulares a los tres.

—¿Y si Pavló compró aquella libreta porque el perro se parecía a Azyk, y el abuelo pensó que lo había hecho en honor a uno de sus relatos, titulado *El cachorro*? —se preguntó Mijás.

—¿Qué tal el relato? ¿Vale la pena?

—No lo he leído —respondió Mijás—. Mi padre era el único que se leía las obras de nuestro abuelo.

Mientras tanto, en un hotel de Varsovia, Valeri Ivak amplió la imagen del perro de la libreta a pantalla completa y la contempló en silencio durante varios minutos. Y luego le escribió a su hijo en ucraniano:

> Esta libreta, con este precioso cachorro en la portada, contiene cosas muy, pero que muy interesantes.

El hijo respondió en inglés que le había regalado la libreta a su abuelo precisamente para que un día aparecieran en ella cosas muy, pero que muy interesantes. Valeri volvió a apartar el portátil y se acercó la libreta de su padre.

Y AHORA, LA AUTOBIOGRAFÍA DE VERDAD

—Pues claro que escribir un buen libro está al alcance de cualquiera, y no solo de un escritor profesional. Y ese libro es el libro sobre la vida de cada uno de nosotros. Ahora bien, si de verdad os proponéis escribir el libro de vuestra vida, y no os queréis limitar a reunir algunos recuerdos de un cierto periodo de vuestra existencia, entonces hay que aprender a seleccionar con mucho cuidado los principales acontecimientos, y olvidarse de lo anecdótico. Y si mencionáis a alguien, que sean personas en cuyas manos estaban las llaves de vuestro destino —explicaba en tono solemne Vasily Gójov en una conferencia titulada «Teoría de la autobiografía» del curso de literatura avanzada de la capital del bendito imperio soviético, que fue a donde me envió la Unión de Escritores a principios de los años setenta.

—¡Cualquiera puede escribir una autobiografía de calidad si es capaz de quedarse con lo necesario y dejar a un lado lo superfluo! ¡Si uno es lo suficientemente honesto para gritar a los cuatro vientos que una persona de verdad es aquella que lucha por los grandes ideales del imperio soviético! —decía también Vasyl Pravda, mi primer mentor en el oficio de escritor, y líder del círculo literario «Un Futuro Luminoso», formado por combatientes del frente invisible entre los que, de repente, había despertado el talento literario, y a donde fui a parar yo a principios de los años cincuenta. El líder del círculo literario alzó la voz, dejando claro que su más que convincente seudónimo literario era un homenaje al *Pravda,* el órgano central del Comité Central del PCUS, el diario que lee toda la humanidad progresista, y no a un concepto abstracto cualquiera, que se vuelve más turbio cuanto más se piensa en él.

—Cuando llegue el día en que estéis preparados para escribir vuestra autobiografía, sentiréis que vuestros recuerdos os llevan a mundos irreales, incluso si sois unos realistas recalcitrantes. En algún momento, será el pasado el que os controlará a vosotros, y no vosotros al pasado. Por eso es tan importante elegir con cuidado sobre qué vais a escribir y sobre qué no. Vuestros descendientes os juzgarán por vuestra autobiografía, si es que lográis terminarla, claro.

—¡Pero lo primero que hay que hacer es escribir sobre esta época turbulenta en la que hemos tenido la suerte de vivir! ¡Sobre cómo construir un futuro brillante, cuyo logro se ve obstaculizado por nuestros enemigos más descarnados! ¡Y solo después de esto podremos escribir sobre la calidez de las manos de nuestra madre, o sobre la dulce voz de nuestro padre! —dijo un Vasyl Pravda enardecido.

—¡No tengáis miedo de hablar de lo que os causaba más temor! Si habéis sentido la necesidad de escribir vuestra propia biografía, eso significa que por fin os habéis convertido en una de esas personas sabias que han superado todos sus miedos, ¿verdad? —preguntó retóricamente Vasily Gójov.

Así, pues, recibí directrices claras sobre cómo escribir el libro de mi vida mucho antes de proponérmelo; solo tenía que ser lo suficientemente valiente y cuidadoso para seleccionar aquellos pasajes de mi vida en los que se concentraba la verdad de la existencia humana y la verdad de la época en la que me había tocado vivir. Y hablar de quienes habían sido las figuras clave de mi vida. O sea, de aquellas personas en cuyas manos estaban las llaves de las puertas o, más exactamente, de los portales detrás de los cuales se escondían los giros del destino. Porque lo que uno podía esperar detrás de ellos no eran pasillos o túneles rectos e inacabables, sino los recodos inesperados que uno puede encontrar en medio de un pasillo o de una calle. O unas escaleras, que igual suben que bajan, quién sabe.

Es casi imposible escribir sobre mi yo de entonces atendiendo a las circunstancias actuales. He escrito varias obras, entre novelas, relatos y cuentos, pero nunca en primera persona. Por eso he decidido que en mi última obra hablaré de mí como si fuera otro.

No puedo cambiar nada en la vida de aquel hombre que vivió aquella vida, cuya verdad solo yo conozco en detalle; y cuando yo ya no esté, no habrá nadie que sepa nada más de ella. Porque quien lea mi autobiografía tendrá el legítimo derecho de no creerse ni una sola palabra de lo que habré escrito. O de creerse algunas y otras no. Yo lo único que puedo hacer es intentar contar mi verdad sobre la vida de Iván Ivak. Si es que logro seguir con vida mientras la cuento. Aunque, a decir verdad, la escribo más para irme que para quedarme.

Estoy sentado en el despacho de la editorial en la que trabajo desde hace casi treinta años. Soy el único y más antiguo empleado de una institución que, en su tiempo, fue respetada, pero que ahora sobrevive con más pena que gloria. El despacho de mi casa es mucho mejor, y detrás de las puertas de cristal de los estantes puede verse una enorme cantidad de libros, algunos de autores grandes de verdad. Mi enorme escritorio de caoba y la butaca con el asiento de cuero y el respaldo alto y recto son ideales para escribir una obra maestra. Pero ahora mismo la mesa está ocupada por el ordenador de mi nieto Mijás, que se sienta a hacer sus deberes cómodamente, algo que su abuelo nunca pudo hacer a su edad. Mijás ayudó a su abuelo a llevar al despacho de la editorial un viejo tocadiscos que resuella y gimotea como un anciano decrépito, pero que aún es capaz de reproducir música. Así que pongo el disco de mi querida Milva y me dispongo a abrir aquella enorme libreta por la primera página.

Invito amablemente aquí y ahora a todas aquellas personas que tienen las llaves que abrirán las estancias principales del edificio de mi vida. La sala de estar, con las fotos de nuestras ceremonias familiares en las paredes, y con el aparador donde reluce el cristal soviético, ridiculizado por algunos de nuestros jóvenes colegas literatos como símbolo irrefutable del espíritu pequeñoburgués..., y el despacho, en cuya librería conviven libros extraordinarios y otros no tan buenos y donde, en los cajones del escritorio, en cajas forradas de marroquín, se guardan los premios del Estado, otorgados, la mayoría de ellos, por todo tipo de actos abominables..., y los dormitorios, oh, aquí es donde sucede lo más interesante, aunque ni tan siquiera aquí uno encontrará toda la verdad..., y la cocina, la cocina de un escritor, claro... Y lo más importante es que esas llaves también abran los armarios oscuros de la buhardilla y del sótano... y también el baño... Aunque Vasyl Pravda nos aconsejó no permitir que nuestros futuros lectores entrasen al baño:

—No iréis a contarles a vuestros descendientes lo que hacíais en el retrete, ¿verdad? —dijo el mentor, que, por un momento, se sintió empujado a filosofar sobre la teoría de la autobiografía. Los estudiantes se echaron a reír. E Iván Ivak recordó la inscripción en la pared del retrete del arrabal:

¡El NKVD morirá desangrado!

Aquella pintada en la pared de madera resquebrajada del baño situado en el patio trasero de una miserable casa del arrabal permaneció allí durante largo tiempo. Y lo digo con la cabeza clara y en pleno uso de mis facultades. Y eso demuestra que, a veces, incluso un retrete puede concentrar la verdad de toda una época. En aquel momento, Iván Ivak se interesó por la identidad de la persona que se había atrevido a hacer semejante pintada en la pared de una letrina en los años de la posguerra. En los años cuarenta, no en los cincuenta. ¿Cómo podía alguien escribir una cosa así? ¿Cómo podía arriesgarse tanto y poner tan en peligro a los demás?

Es poco probable que lo escribiera la dueña de la casa, Liudmyla Ulasivna, la viuda del profesor de lengua ucraniana Mijailo Mijáilovych, a quien los alemanes se llevaron durante la guerra porque algún desalmado había denunciado ante la Gestapo que el anciano era un bolchevique. Pero la gente no se olvidó de la pobre mujer, a la que visitaban a menudo, como hizo el propio Iván de vuelta de casa de su madre. Fue entonces cuando la mujer le ofreció una vela a Iván para que «acertara el agujero». Pero cuando vio aquella inscripción, su cuerpo empezó a convulsionar del miedo, y el hombre fue incapaz de hacer lo que se suponía que tenía que hacer allí. Por aquel entonces, Iván ya servía en las fuerzas especiales del Comisariado del Pueblo para asuntos internos y debía informar inmediatamente ante la aparición de cualquier inscripción antisoviética, fuera donde fuera. Ivak no lo hizo, confiando en que nadie le habría visto ir al retrete con una vela en la mano.

En las pocas ocasiones en las que Iván visitaba a su madre y a su hermano pequeño Lesyk, a quien la mujer había parido durante la guerra, evitaba visitar a la viuda de Mijmij y aceleraba el paso cuando pasaba por delante de su casa. Iván solo volvió a cruzar el umbral de aquella miserable casa cuando asistió al funeral de la viuda. Pero entonces ya era otra época. Una época en la que las pintadas en las paredes de los retretes ya no importaban lo más mínimo a nadie.

Mijmij había aparecido en las páginas de mi autobiografía sin tenerlo yo previsto. Pensaba invitarlo más tarde. Siempre nos enseñaba cómo planear lo que íbamos a escribir. Además, nuestro querido Mijmij solía decirnos que, antes de ponernos a escribir algo, debíamos preguntarnos qué provecho tendría para el futuro. Para asegurarnos de que, si alguien leía lo que hubiéramos escrito, nos lo agradeciera. Era evidente que el maestro soviético no estaba al corriente de las teorías psicoanalíticas que afirman que el único motivo por el que uno escribe es para el alivio de su propia alma.

Como podéis comprobar, de las clases de literatura avanzada del profesor de la capital y de las indicaciones del líder del círculo literario, vuelvo a lo que nos enseñaba el maestro de nuestra escuela antes de la guerra.

Ahora mi hijo tiene casi cincuenta años y yo ya paso de los setenta. Mi nieto Pavló es ahora mayor que yo cuando estuve por primera vez con una mujer. Fue algo que hice de muy joven en medio de una guerra. Aunque, para ser sinceros, la guerra no tuvo nada que ver. Pavló también se hizo hombre muy pronto. Pero ya he hablado de eso antes, y no pienso volverlo a sacar. El único que puede decir algo más es él mismo, si es que, en algún momento, le invade la sensación de que va a morir si no lo cuenta. O como yo, que creo que no moriré hasta que lo cuente. Pero esta es una experiencia que no le deseo a mi nieto.

Como ya he mencionado a mi primera esposa, a la que difícilmente podía llamar mujer de lo joven que era, lo más lógico sería que empezara con ella la historia de la vida de Iván Ivak. En particular, porque María Kalamatna tiene en sus manos no solo una, sino un manojo entero de llaves de muchas de las estancias más importantes del torpe y siniestro edificio de su destino. Siendo menor de edad, Iván Ivak tuvo una relación amorosa adulta con la también menor Masha Kalamatna en la Kyiv ocupada o, como decía entonces la gente normal y corriente, «bajo los alemanes». Lo que, en el lenguaje del *Pravda,* llamaban «el territorio ocupado temporalmente por los invasores fascistas alemanes». El romance entre Vania Ivak y Masha Kalamatna podría servir hoy de trama de una novela más que aceptable. Pero no sería una historia de amor. Sería una historia sobre el caos de la guerra en las calles, en los hogares, en las cabezas y en las almas de la gente. Muchos años después, su hermano mayor Iliá, veterano de guerra, diría levantando una copa de vino: el mayor placer con una mujer se experimenta durante la guerra. En la Kyiv ocupada, Iván experimentó en carne propia la verdad anunciada por Iliá Ivak. Pero no es mi propósito escribir una novela sobre el romance de dos menores de edad hijos de la guerra, porque la vorágine de esos recuerdos me arrastraría en la dirección equivocada y no me permitiría contar la verdadera historia de la vida de Iván Ivak. Y eso es precisamente lo que se espera de mí.

Pero ya volveré a María más adelante. Por ahora, añadiré algunas palabras sobre esas estampas del inicio de la vida de Iván Ivak, que cuanto más lejanas están en el tiempo, con mayor viveza se presentan en mi cabeza. Y, para que no quede ninguna duda de qué estamos hablando, he aquí algunos datos personales de la figura de Iván Ivak.

Nació como el segundo hijo del matrimonio de Zajar y Galyna Ivak, aunque el nombre de Iván suele reservarse al primogénito. Nació en un arrabal cerca de un barranco en el que hoy ya no queda ni una sola casa en pie. Los arrabales rara vez tienen edificios con valor arquitectónico. Pero aquel era especialmente pobre. Las casas no tenían jardines, como sí tenían en la cercana Tatarka, donde durante la primavera y el verano los rosales se asomaban exuberantes por detrás de las verjas de los parterres. No había ni una sola casa de piedra. Ni siquiera de madera. Las paredes estaban hechas de restos de quién sabe qué, y las ventanas, torcidas, apenas podían abrirse. Eso sí, cuando Iván paseaba por aquel barranco, siempre se fijaba en las delicadas cortinas de tul que colgaban en las ventanas de la mayoría de las chabolas. No era un modo de proteger la poca intimidad que pudieran tener. Para ello, habría sido mejor colgar una tela bien tupida y no un coqueto tul. Aquellas cortinas estaban tan fuera de lugar en un arrabal como aquel… ¡Eran como los escotes extremados en los vestidos de las ancianas! Una vez, un editor borró esta analogía de uno de mis primeros relatos, así que aprovecho para ponerla aquí.

Todas las alegrías y las desgracias de Iván Ivak están ligadas a esta ciudad. Desde que tiene memoria, huye tan lejos como puede del barranco, en ocasiones con otros chicos, otras veces solo, y se pierde por las calles de Kyiv hasta abandonarse completamente. Desde los cinco años le gustaba detenerse frente a las preciosas casas de piedra y soñar con que, algún día, viviría en una de ellas. La calle Ovrutska era su predilecta. La mayoría de las veces soñaba con vivir en una casa de una sola planta, con una cabeza de mujer tocada con una corona y un collar colocada sobre la puerta de entrada, y rosas en las ventanas.

Quizás el recuerdo más vívido de su primera infancia fue cuando logró asomarse por el agujero de una vieja verja que rodeaba el parque, justo encima de su barranco, y vio una mansión increíblemente preciosa. Antes de la guerra, había servido de residencia de un comisario del pueblo al que más tarde arrestaron. Iván recordaba las conversaciones sobre este tema en el barranco: vivía como un señor y acabó recibiendo su merecido. En la Kyiv de la posguerra, aquella mansión se convirtió en la famosa dacha de Jruschov. A finales de los años setenta, derribaron la valla, la finca fue cedida al hospital y, desde entonces, mujeres en batas manchadas caminan entre aquellos barrancos y puentes, cerca de la jaula que antaño ocuparon faisanes auténticos; incluso llegaron a llamar a una lectora de la biblioteca de mi difunta esposa para que estuviera al cuidado de ellos. Fue en ese hospital donde Írochka dio a luz a Mijás. Mi yerno Mykola y yo le llevábamos paquetes de comida, y yo le contaba cómo Iván Ivak, que entonces tenía cuatro años, miraba fascinado estas casas a través del agujero de la valla para luego regresar a su miserable barranco.

El principal drama para la familia Ivak no eran las viviendas miserables en el barranco. Al fin y al cabo, Liudmyla Ulasivna y Mijailo Mijáilovych también tenían una casa pobre y miserable. Aunque la suya tenía algo de atractivo, a pesar de lo horribles que eran las cortinas. En la casa de los Ivak, nunca hubo ni las manos cálidas de una madre ni la voz suave de un padre, especialmente esto último. El padre, cuando no estaba callado, gritaba haciéndose un embrollo con las palabras y no acababa ninguna frase. Nunca entendimos qué era lo que le molestaba. Por lo visto, todo. La madre era igual de chillona que él. Pero esos padres, que azotaban hasta la extenuación a sus pobres hijos desde la cuna con cualquier cosa que tuvieran a mano, se sentían terriblemente atemorizados por el poder soviético. Y los hijos, que habían aprendido a defenderse desde pequeños, supieron aprovechar esta peculiaridad:

—Tú, pedazo de mierda sin partido, ¿cómo te atreves a pegar a un pionero? —gritaba Iliá, el hermano mayor, defendiéndose de su padre y convirtiéndose en todo un ejemplo para el hermano menor.

La paz solo llegaba cuando, detrás de la cortina de lunares en la esquina de la única habitación de la casa, los padres cumplían con sus obligaciones matrimoniales. Entonces empezaban a oírse desde allí unos gritos ininteligibles de placer e incluso de alegría.

—Ya empiezan otra vez —decía Iván con asco, señalando con la cabeza hacia la cortina.

—Ojalá no salieran nunca de allí —respondía Iliá.

Los padres de Iván llegaron a esta ciudad desde quién sabe dónde. Lo más probable es que vinieran del pueblo en el que vivía la abuela Yavdoja, a quien Iván visitaba a menudo en verano. Al parecer, el resto de sus parientes habían muerto en la hambruna del 33. Pero a Iván nunca nadie le contó los detalles. Sus padres sabían algo, pero guardaban silencio. No solo porque tuvieran miedo —ninguno de ellos había firmado nunca ningún acuerdo de confidencialidad—, sino porque les resultaba tremendamente complicado expresar con palabras lo que pensaban.

Sé perfectamente que, en la vida de muchos de mis compatriotas, las abuelas habían sido figuras más importantes que los propios padres. Si las cosas hubieran ido de otra manera, es probable que la abuela Yavdoja se hubiera convertido en una figura central para Iván Ivak. Todavía hoy, de vez en cuando, surgen en su memoria esos recuerdos rurales tan extraños que turban su espíritu por su vaguedad e ininteligibilidad. Y por la ausencia de una llave que los explique.

A pesar de ser minúscula, la casita de la abuela era infinitamente mejor que la casa de los Ivak. Los trastos estaban guardados en un baúl, y había estanterías para colocar los platos. Iván soñaba con hacerse unas para él. La abuela intentó que Iván se acostumbrara a trabajar en el huerto mientras ella lo hacía en el *koljós.* Pero Iván era un perfecto inepto: ¿qué se podía esperar de un chico de ciudad como él?

Aparte de esto, la abuela le pedía a Iván que la ayudara a ocuparse de la ropa «para la muerte». Le preocupaba mucho que estuviera como ella quería. ¿Por qué lo hacía? Iván no lograba entender por qué se le daba tanta importancia a la muerte. Todavía hoy no entiendo por qué, para salvar el alma inmortal, es necesario vestir un cuerpo, en ese momento ya muerto, de una forma determinada y no de otra.

Hablaban poco con la abuela, y ella tenía la costumbre de expresarse con enigmas. Cuando Iván intentó averiguar si Yavdoja era su abuela por parte de padre o de madre, ella respondió de un modo absolutamente incomprensible: «¡Por parte de padre, y también de madre!». Aún hoy tengo dudas de lo que realmente quiso decir, y de si era por parte de uno o de la otra. La abuela hablaba con frases encriptadas para las que Iván no tenía claves: «Todo se quedará en silencio, el bosque se quedará en silencio, incluso el agua, ¡pero dentro de cincuenta años todo empezará a hablar! ¡El bosque, el agua y la gente!».

Durante la ocupación alemana de Kyiv la gente se moría de hambre y, de repente, los habitantes de la ciudad se acordaron de sus parientes del campo, tanto si eran cercanos como lejanos. Luego contaron, estupefactos, que la vida de los campesinos bajo la ocupación alemana había mejorado notablemente comparada con cómo era con los nuestros. El mismo Iván visitó a su abuela Yavdoja en una ocasión durante la ocupación alemana. Pero de eso ya hablaré más adelante.

Así, pues, la guerra con los alemanes era un hecho. A Zajar Ivánovych y a su hijo Iliá se los llevaron al frente. La guerra pronto se acercó a Kyiv, que se convirtió en una ciudad en la primera línea del frente. Recuerdo perfectamente el estado de ánimo de Iván Ivak en aquellos días. El adolescente se alegraba sinceramente del caos provocado por la guerra. Por fin había algo que los sacaba de la estúpida monotonía en la que habían estado sumergidos durante los años previos al conflicto. Resultaba difícil de explicar, pero era así. Hasta el barranco no llegaba el estruendo de la guerra, que sacudía las colinas de la ciudad. Era entonces cuando Iván corría hacia el centro para saber lo que ocurría en el mundo. De los altavoces salía una voz firme que proclamaba que ninguna bota alemana pisaría jamás la tierra sagrada de Kyiv. La gente iba de un lado al otro por las calles de la ciudad en busca de noticias y comida.

En septiembre, las autoridades soviéticas huyeron precipitadamente con todas sus pertenencias y abandonaron a los habitantes de Kyiv a su suerte. Los alemanes finalmente entraron en Kyiv. Entonces, ¿para qué mentir tan vehementemente acerca de las botas alemanas y la tierra sagrada de Kyiv? Habría sido mejor ayudar a la gente a escapar. Iván, por su parte, se divertía pateando la cabeza calva de alguna estatua caída del líder del proletariado mundial que, por alguna razón, no llegaba a romperse por mucho que rebotara por el bulevar Shevchenko. De repente, alguien le quitó su «pelota». Y así fue cómo Iván conoció a Masha Kalamatna.

¿Cómo había acabado Masha aquí, en esta ciudad ocupada, sola y lejos de sus padres? ¡Se había escapado del tren en el que viajaban en dirección al Este! ¡El tren apestaba y se mareó! En aquella época, era de lo más normal que los niños perdieran a sus padres y los padres a sus hijos, a veces incluso para siempre. A ellos dos los unía, además, la sensación de que estaban mejor sin sus «viejos» que con ellos. María contaba cada vez una aventura distinta sobre el regreso a casa a través del frente, pero Iván no estaba particularmente preocupado por la verdad. Lo que sí era verdad, porque Iván había participado personalmente en ello, era que la chica buscaba a un hombre, o, mejor dicho, a un joven, que la ayudara a forzar las cerraduras de las habitaciones de su casa. Pero para eso necesitaban herramientas. El padre de Iván las tenía y, por suerte, no se las había llevado al frente. Así que Masha e Iván decidieron cruzar a pie la ciudad hasta llegar al arrabal.

Los soldados alemanes deambulaban por toda Kyiv y ondeaban las banderas con la siniestra esvástica. Pero, en general, la ciudad parecía prácticamente la misma. La gente seguía correteando arriba y abajo ocupada en sus asuntos. Allí mismo, dos mujeres se habían detenido cerca del edificio de la ópera, y conversaban y reían como si el cambio en el gobierno de su ciudad no fuera para tanto.

Por el camino, Masha le contó a Iván que sus padres habían cerrado todas las habitaciones y que las llaves de la puerta de entrada a la casa de los Kalamatny estaban en manos de la institutriz, Elsa Karlivna, a quien le pidieron que pasara de vez en cuando a cuidar de ella. Gracias a Dios, la mujer estaba allí cuando Masha volvió a su casa. Cuando Iván y Masha llegaron al barranco, Iván temió que la muchacha, que tanto le gustaba, saliera huyendo al ver aquella miserable choza en la que vivía su familia. Pero Masha cruzó con valentía el umbral del hogar de los Ivak. Desde detrás de la cortina de lunares grasienta podía oírse la risa de la madre.

En medio de la habitación estaban las muletas de Gosha, al que le faltaba una pierna. Nadie advirtió la llegada de Iván, y este se llevó todas las herramientas de su padre en aquella caja de madera con asa. A Iván le gustó que Masha no mostrase ningún desprecio por él por venir de una casa tan infecta como aquella, al lado de un barranco, mientras ella vivía en una finca regia de la calle Chudnovsky. Iván recordó aquel nombre tan extraño no porque hubiera frecuentado los museos que flanqueaban a derecha e izquierda la casa de Masha, sino porque una vez lo llevaron al dentista en aquella calle.

La joven pareja abandonó el barranco y siguió el camino hacia la lujosa mansión que Iván tantas veces había contemplado por la rendija de la valla. Empezaba a anochecer, las calles se iban quedando vacías, y no se veía ni a autóctonos ni a alemanes. Llegaron a la plaza Lviv. Allí se toparon con un grupo de soldados alemanes acompañados de unos perros enormes atados con correas. Pero uno de ellos no llevaba un perro, sino un zorro. Iván sintió un miedo repentino cuando, en medio de la oscuridad, cerca del suelo, vio la ferocidad con la que brillaban los dientes de aquella bestia rojiza.

—*¿Shnaps fabrik?* —gritó el alemán.

Iván, desorientado, no supo qué responder. Pero entonces Masha empezó a hablar con él en alemán, le sonrió, e intentó acariciar al *füchschen.* El dueño del *füchschen* le devolvió la sonrisa. Y ella le indicó cómo llegar a la *shnaps-fabrik.*

—Preguntaba por la fábrica de aguardiente —explicó Masha.

Iván se avergonzó de su cobardía y elogió el coraje de Masha.

—No les temas, son buena gente —dijo Masha. Se quedó un momento en silencio y añadió—: Me refiero a que no son peores que los nuestros.

Luego doblaron por la calle Velyka Pidvalna, y de nuevo les salió al paso una jauría de alemanes con sus perros, que no parecían precisamente «buena gente». Pero esta vez Iván no tuvo tiempo de asustarse, porque María lo alejó tanto como pudo del pecado —¿o lo acercó a él?—, hacia un oscuro portal donde se abrazó apasionadamente a él. Y lo besó, restregando todo su cuerpo contra él. Iván se olvidó de inmediato del miedo que acababa de sentir ante aquel zorro alemán. Aún recuerdo cómo sujetaba la caja de herramientas con los pies y abrazaba con todas sus fuerzas a María en aquel portal de Velyka Pidvalna.

El portal aún existe. Hace unos días pasé por allí y me detuve unos minutos enfrente de él. La verdad es que no sentí nada en especial y seguí mi camino hacia aquí, hacia la editorial. Milva canta en italiano *Fischia il vento* con la melodía de *Katiusha* y sus florecientes manzanos y perales, mientras yo continúo escribiendo la historia de la vida de Iván Ivak.

Aquel año, Iván casi no apareció por el barranco. Se pasaba todo el tiempo que podía en casa de su novia aventurera, en un edificio gris prerrevolucionario, a espaldas de Tarás Shevchenko. El periódico *Ukrainske Slovo,* que llegaba a todos los buzones de los habitantes de Kyiv, contaba que los alemanes habían venido a liberar a los ucranianos del yugo bolchevique. Pero ¿por qué razón esos libertadores abatían con tanta frivolidad a la gente en plena calle y ni siquiera permitían que se retiraran los cadáveres? Eso, los bolcheviques no lo hacían. Iván observaba los cadáveres horrorizado, evitando fijarse en los rostros. E incluso a la calle Chudnovsky, que durante la ocupación alemana pasó a llamarse calle Teréshchenko, pronto llegó la noticia del horror en la Dorohozhytska. Lo que más tarde todo el mundo conocería como Babyn Yar. El profesor Mirkin desapareció de la casa de

María. A pesar de la insistencia de los Kalamatny, había decidido conscientemente no abandonar la ciudad convencido de que los alemanes eran gente culta.

—¡Venía a visitarnos! ¡Y se sentaba a esta misma mesa! ¡Era desagradable, casi tanto como mi padre! ¡Otro puñetero profesor de marxismo! —Masha daba golpes sobre la mesa—. Pero me da mucha pena que haya acabado en Dorohozhytska.

Iván sentía auténtica devoción por Elsa Karlivna, la institutriz. Gracias a su condición de *Volksdeutsche,* durante aquellos años gozó de una existencia más que privilegiada. Quizás por eso en la espaciosa casa de los Kalamatny no alojaron a ningún soldado alemán y la joven pareja de enamorados pudo disponer de cuatro habitaciones para ellos solos. La joven y hermosa institutriz pronto se mudó a la vecina calle Tolstói con el oficial alemán Walter Falke, que se había instalado en el apartamento de un antiguo comandante soviético. El retrato del comandante en cuestión, con todas aquellas insignias en el cuello de la camisa, permaneció en la pared de la sala de estar, y Walter Falke levantaba su copa frente a él y decía en ruso:

—¡A su salud! ¿Acaso fui yo quien pidió venir hasta aquí?

Walter Falke, a quien Masha e Iván solían visitar cogidos del brazo («Iván y María», ronroneaba encantada Elsa), los agasajaba con todo tipo de exquisiteces. A Iván le encantaban las ostras y el vino blanco. Por cierto, en el aparador del comandante rojo había un juego de cucharillas para ostras. Como si fuera la casa de un terrateniente de la Rusia zarista que, como atestigua la literatura clásica rusa, sabía lo que era vivir a cuerpo de rey. En general, aquellas veladas en la esquina de las calles Tolstói y Volodymyrska eran entrañables. Walter hablaba perfectamente ruso y recitaba en voz alta poemas rusos con tal arte que era imposible escucharlos y que no se quedaran grabados en la memoria:

Como las noches ucranianas
bajo el inmortal fulgor de las estrellas,
las palabras de sus fragantes labios
están llenas de misterios.

Así recitaba Walter, mirando ora a Elsa, ora a Masha. Iván le oyó más de una vez recitar estos otros versos:

Porque era aquel tirano Mefistófeles,
un germano que amaba las *kartóffeles*.

Lo cierto es que las patatas escaseaban en la Kyiv ocupada, y los locales sobrevivían gracias al mijo. Iván es incapaz de explicar con precisión por qué Walter no tenía patatas, aunque recuerda perfectamente que fue él quien lo acompañó en un gran coche negro hasta el pueblo de la abuela Yavdoja, en primavera, cuando se derritió la nieve de aquel terrible invierno del 41 al 42. Condujeron a través de una espesa niebla lechosa que, por algún motivo, sería lo que más iba a recordar.

A la abuela no le sorprendió la aparición de su nieto, ni tampoco la compañía de aquel oficial alemán. A cambio de un saco de patatas, Walter le dio a la abuela Yavdoja una tableta de chocolate que, por alguna razón desconocida, provocó en la anciana un entusiasmo desmedido. Dijo que la depositaría en la tumba de Darynka el día de los difuntos. Walter nunca llegó a entender aquel uso tan extraño del chocolate. Tampoco Iván pudo darle una explicación. Y tampoco sabía quién era Darynka. Y ya no lo llegaría a descubrir jamás. Aquel día de primavera de 1942 fue la última vez que

Iván vio a su abuela con vida. Nadie sabe exactamente ni cómo ni cuándo murió.

De regreso a casa, atravesaron la misma niebla. Al acercarse a la ciudad, Walter Falke dijo que le gustaría aprender ucraniano y le pidió a Iván que le ayudara. Al día siguiente, Walter obsequió a sus invitados con un plato de patatas a la alemana regadas con vino blanco. Y sentenció con cierta melancolía:

—Pasará el tiempo y, por culpa de lo ocurrido en Kyiv, en Dorohozhytska, el mundo les arrebatará a los alemanes a Goethe, a Schiller, a Hegel e incluso a Karl Marx. Solo quedarán aquellos que reclutaron a los verdugos que aniquilaron a los judíos en Dorohozhytska. Hicimos algo mal, por muy noble que fuera nuestro objetivo de liberaros de los bolcheviques.

—¡Con los bolcheviques al menos teníamos calefacción, Walter! —se reía Elsa, envolviéndose en un abrigo de pieles que no sabía si era de su patrona, Madame Kalamatna, o de la esposa anónima del comandante soviético.

—Fue gente execrable la que se adueñó de Alemania. Como lo fue también la que se adueñó de Rusia. Y ahora luchan los unos contra los otros. ¿Cuál de los dos ganará? ¡Sea quien sea, lo único que podemos esperar es el horror! El mundo entero se convertirá por un tiempo en una gran Dorohozhytska, y esta vez no serán solo los judíos los que irán a parar a las fosas. Brindemos por conservar esta paz, en la casa de este hombre, brindemos y bebamos juntos, aquellos que estábamos llamados a odiarnos los unos a los otros. ¡Por esta isla de paz en medio del sangriento océano de la guerra!

Walter y Elsa invitaban a Iván y Masha con frecuencia y les daban comida para llevar. Pero había que comer todos los días, así que tenían que encontrar la manera de conseguir alimentos. En casa de los Kalamatny aún quedaban muchos objetos de valor de sus padres; María cargaba encantada a Iván con bultos, y juntos se dirigían al Yevbaz por el bulevar Shevchenko. Allí cambiaban figuritas, mantas, una vajilla de porcelana o cuadros de casa de los padres de Masha por comida.

—¡Cuando regresen de Sverdlovsk, se van a encontrar la casa vacía! ¡Y yo me iré a América! ¡Ni te imaginas cómo llegó a torturar a la pobre costurera por este traje! —decía Masha mientras tiraba a un saco una falda beis entallada y una chaqueta con cuello de piel. Por cosas como estas, los campesinos del Yevbaz les daban queso, mantequilla, pan e incluso una gallina.

Poco después de la caída de la Unión Soviética, en la Casa de los Escritores se celebró un recital de la poeta canadiense Marichka Chymala, al que también invitaron a Iván Ivak, bajo la promesa de que habría un cóctel. La poeta había pedido a los organizadores que localizaran al escritor Iván Ivak, pues había leído en una revista ucraniana de emigrantes una reimpresión de su cuento *El verdugo.* Iván acudió. Un crítico literario conocido desde los tiempos soviéticos conducía el recital de la anciana, vestida con una valiosa blusa bordada que parecía sacada de un museo etnográfico, y con unos gruesos corales que adornaban su generoso pecho. La poeta lucía unos rizos canosos cuidadosamente peinados. No paraba de sonreír todo el rato, mostrando unos dientes perfectos.

—¿No te acuerdas de mí? —preguntó Marichka Chymala cuando se la presentaron después del recital—. ¡Yo te he reconocido en seguida!

Entonces, en la Kyiv ocupada, Masha Kalamatna lucía unos rizos rojizos extravagantes y unos espantosos dientes amarillentos.

—Iván, ¿no te acuerdas de cuando íbamos al mercado a por comida? Cambiábamos todo lo que habían dejado mis padres con los campesinos. ¿No crees que luego se lo quitaron todo? —La poeta expresó una inesperada inquietud.

—La verdad es que nunca me lo he planteado, María —respondió Iván.

—Porque después volvieron los bolcheviques, ¡y continuaron saqueando al pueblo como lo habían hecho los alemanes!

—No lo sé, María, pero preferiría que habláramos de por qué la hija del profesor se sintió tan atraída por aquel estúpido muchacho del barranco.

—Porque, por alguna razón, a tu lado me sentía protegida —respondió la poeta.

—¿Recuerdas lo felices que fuimos en aquellos tiempos, por otro lado, terribles, por no tener que ir a la escuela?

—Por cierto, ¿sabías que ahora soy profesora en Winnipeg? —respondió Marichka Chymala sin que viniera a cuento.

No fue una conversación sincera la que tuve con mi antigua compañera aventurera. Para colmo, a cinco pasos de ella estaba Bogdan Chymaly, su esposo, que parecía haber recibido la orden de estar de guardia, con una chaqueta de piel en las manos que era idéntica a aquella por la que la madre de María había torturado a la costurera antes de la guerra. A nuestro alrededor pululaban todo tipo de personajes, entre los que se encontraban mis colegas escritores, y gente joven a la que no conocía tanto. Todos brindaban por aquella «maravillosa mujer», puede que con la esperanza de que los invitara a Canadá para participar en algún programa de intercambio. Pero incluso sin eso, todos estaban sinceramente agradecidos por el generoso cóctel, en el que no faltaban ni el vino ni el coñac.

—¡Cómo puede ser todo tan barato aquí! —decía María con auténtico acento de la diáspora. E Iván recordó aquellos tiempos en los que le traducía el *Ukrainske Slovo,* porque entonces ella no entendía el ucraniano.

Iván insinuó un par de veces que no le importaría sentarse con ella en algún lugar tranquilo para hablar de los viejos tiempos, pero María no aceptó la invitación o, mejor dicho, la malinterpretó:

—¡Ay, Iván, han pasado más de cincuenta años! ¡Y no voy a abandonar ahora a mi Bogdan! —Creo que María pensó que quería pedirle una cita a solas.

No, María, no era eso a lo que me refería. Para nada. En su día, siendo unos niños, fuimos amantes, sí. ¡Dios mío, todo lo que llegamos a vivir tú y yo en aquella ciudad ocupada! Recuerdo cómo nuestras sombras desnudas saltaban salvajemente sobre las paredes cubiertas de escarcha.

—Hemos alcanzado la velocidad de rotación de la tierra —gritaba Iván a la ciudad entera.

—Somos nosotros los que hacemos girar el planeta —jadeabas tú como respuesta.

Fue un invierno terriblemente frío. Las paredes del dormitorio estaban cubiertas de escarcha. Podíamos escribir nuestros nombres en ellas con nuestros dedos ardientes. Tras las paredes, no muy lejos, aún humeaba el Khreschhatyk, al que un grupo de incendiarios había prendido fuego. Y nosotros nos reíamos: «¿Los incendiarios son los que escriben en los periódicos o los que les prenden fuego a las cosas?», escapando de los horrores de la guerra con una risa estúpida. «El mayor placer con una mujer se experimenta durante la guerra». Hay algo de verdad en eso.

No, no he olvidado tus caricias ni tus gemidos. Ni cómo luego nos envolvíamos en el edredón de plumas, cómo nos quedábamos dormidos y luego nos despertábamos muertos de frío y volvíamos a hacer el amor. Pero ¿cómo puede repetirse algo así cincuenta años después? El Iván Ivak de entonces nunca se preguntó por qué la hija del profesor era tan libertina a una edad tan temprana. Simplemente aceptaba lo que aquella joven descarada le ofrecía. Pero el viejo Iván Ivak no se atrevió a preguntárselo a una poeta tan respetable como Marichka Chymala. Aunque ¿para qué están, si no, los viejos amigos? Para hablar de todo sin pudor y sin miedo a ofender, ¿no es cierto? Porque no se puede ofender a un amigo de verdad, como tampoco puede ofenderte él a ti.

¡Qué decepción me llevé, María! Y no porque me invadiera la tristeza al darme cuenta de lo rápido que había pasado la vida, y que ya quedara mucho menos por delante que por detrás. Y tampoco porque estuvieras casada y yo, para entonces, ya fuera viudo. No, la cuestión es que en tu recital leíste unos poemas mediocres y mojigatos dedicados a mí. Poemas que hablaban sobre cómo la noche antes de separarse para siempre, la pequeña María y el pequeño Iván estuvieron leyendo el *Kobzar* en casa de una vieja profesora. Habría sido mejor no leer nada y todos tan contentos. Porque ¿para qué esa mentira? Yo me he pasado la vida mintiendo, sí; pero, a diferencia de ti, me quedé en este país porque así lo quiso el destino. Tú, en cambio, pudiste cumplir tu sueño de llegar hasta tierras lejanas que yo nunca he visto ni veré jamás. A esos lugares donde, como dicen ahora, reina la libertad. Entonces, ¿quién te obligaba a no decir la verdad?

¿Quieres que te cuente lo que pasó realmente durante nuestra última noche de aquel otoño de 1942? Cuando los alemanes, no sé por qué diablos, destruyeron tu preciosa casa gris, en la que habíamos vivido desenfrenadamente durante un año entero, dijiste que era una señal para que huyéramos de esta ciudad. Estabas empeñada en irte a Estados Unidos.

Pasamos unos días en casa de Walter, en la vivienda del comandante soviético. Luego, Walter, disculpándose con toda sinceridad, nos insinuó que sus superiores no veían con buenos ojos los lazos demasiado estrechos entre los soldados del Reich y la población local. Así que Elsa te preparó una pequeña maleta para el viaje y nos dirigimos a la estación para saber qué trenes iban a Lviv. Después pasamos por mi casa para que yo también pudiera recoger mis cosas. Mi madre estaba en las últimas semanas de embarazo y, con toda generosidad, ofreció a aquellos dos jóvenes libertinos un rincón detrás de la cortina de lunares. Hice un pequeño hatillo con mis cosas, y fue allí donde puse el *Kobzar* que me habían regalado en la escuela con la dedicatoria del profesor Mijailo Mijáilovych. Aquella noche dormimos en casa de la viuda del profesor, Liudmyla Ulasivna. La mujer te ofreció la cama en la que dormía con Mijmij, así es como llamaban a Mijailo Mijáilovych, pero tú dijiste que preferías dormir en el suelo conmigo. ¿Recuerdas cómo hicimos el amor por última vez en la oscuridad, sobre el suelo de su casa, y la pobre anciana suspiraba desde su cama: «Pobres criaturas, toda la culpa es de la guerra, toda…»? No sé si he tenido en mi vida sensaciones tan intensas como aquellas. He sentido cosas buenas, y otras terribles, y he estado ante el abismo, algo de lo que también hablaré. Pero nunca he conocido una corriente cósmica como la que me atravesó entonces, contigo, en el suelo de la casa de la viuda Liudmyla Ulasivna. En el País de los Sóviets no se hablaba de estas cosas.

Después nos dirigimos a la estación, María. ¿Por qué no me atreví a huir contigo y decidí volverme? ¿Qué fue lo que me retuvo? ¿Quizás fue la promesa de recoger leña para Liudmyla Ulasivna? No lo creo. Más bien fue que me habían robado el hatillo, y no tuve la valentía de emprender un viaje tan largo sin mis cosas. Y quizás fue también el hecho de que durante aquel año que pasamos haciendo el amor creciste mucho y llegaste a ser algo más alta que yo, y precisamente durante nuestro último abrazo en la estación me di cuenta de ello. Entonces recordé esa corriente cósmica de la noche anterior. Me resfrié, María, me había subido la fiebre. No quería moverme de sitio, solo ansiaba acurrucarme en un rincón y acostarme. Tenía la garganta inflamada y las amígdalas me estaban matando. Por eso no hubo un último beso. Esta es la única línea verdadera de tu poema:

> Nos despedimos sin un último beso...

Y a ti, la suerte te sonrió. En la estación, te fijaste en que había mucha gente que también buscaba cómo abrirse paso hacia el Oeste. Y lo último que vio Iván, al marcharse de la estación, fue cómo te unías a ellos y gesticulabas animadamente. En cambio, él se fue a rastras hasta su triste barranco. Cuando Liudmyla Ulasivna lo vio, le dijo:

—¿Has vuelto, Ivas? Eso significa que no estaba escrito que encontraras la felicidad en tierras extranjeras. Pero te daré un consejo: no le cuentes a nadie lo de Mashenka. Deja que la suerte la acompañe. Y tú cierra la boca. Como si nunca hubiera existido.

Eso era lo que nos enseñaban nuestros profesores cuando hablaban con el corazón en la mano.

¿Por qué el encuentro con María Kalamatna fue un suceso clave en la vida de Iván Ivak? Para empezar, porque fue precisamente después del encuentro con aquella dama canosa y elegante cuando al escritor soviético Iván Ivak se le ocurrió escribir unas memorias que fueran fieles a la verdad. Aunque me atrevo a decir que en el edificio de la vida de

María no hubo estancias tan terribles como las descritas por Iván.

María no solo me enseñó a ser valiente. Me despojó de la inocencia en un sentido mucho más amplio. La guerra nos privó a todos de la inocencia, incluso a las monjas que acababan de encerrarse en el convento. Gracias a María, Iván aprendió mucho más de lo que habría aprendido un simple adolescente en tiempos de guerra.

Sí, evito la palabra «amor» cuando pienso en Iván y María. Aquello no fue amor. Fue otra cosa. Algo intenso, muy intenso. Un verdadero rito de iniciación. Unos años después, Iván se casó con Liuba y tuvieron un matrimonio feliz. Pero, por muy extraño que suene, cuando discutían por lo que fuera, aquel pequeño pendón llamado Masha Kalamatna entraba en su dormitorio y los ayudaba a reparar lo que se hubiera roto. Todo ocurría de forma absolutamente inconsciente.

A veces reconocía algunos rasgos de Masha en mi hijo Valeri. Él nunca se escapó de casa, pero desde niño fue psicológicamente más fuerte que su padre. Incluso físicamente, mi hijo se parece de un modo incomprensible a ella, a mi inolvidable primera amante. ¿Será cierto lo que dicen que, tanto hombres como mujeres, nos transformamos a nivel genético tras cada contacto sexual, y adquirimos algunas características de nuestras parejas, cosa que provoca que los hijos no se parezcan a sus padres, sino a sus respectivos anteriores amantes? De ser cierto, sería muy extraño y retorcido.

Pero lo que sí que es cierto es que fue María quien le enseñó a Iván a no dar a una mujer hijos que esta no deseara. Y gracias a ella, Liuba nunca tuvo que pasar por eso. Su primogénito, Valeri, no vino al mundo en el dormitorio compartido en el que los Ivak vivieron los primeros dos años de casados, sino cuando ya tenían su propia habitación. Írochka nació cuando estaba planeado. Mi Liuba no tuvo que sufrir lo que tuvieron que sufrir muchas otras mujeres en nuestro país. Entonces, ¿por qué murió tan joven, por culpa de una enfermedad femenina, y después de tanto dolor y de tantas operaciones?

* * *

Valeri dejó a un lado el cuaderno de su padre, cuyas primeras páginas había prácticamente devorado. Jamás había leído una obra de su padre con tanta atención. Siempre había contemplado sus textos con un desprecio manifiesto. Sus relatos aún tenían un pase, pero lo que eran las novelas... En ocasiones, el hijo abría un libro de Iván Ivak al azar para cerrarlo inmediatamente tras leer algún párrafo genial, del tipo: «Un miembro del Komsomol no puede sentirse atraído por la belleza engañosa de los pantalones masculinos extranjeros. ¡Habrá que discutirlo en la asamblea del Komsomol!». Esa era la apoteosis del estilo literario de su padre. Con escritos como este ganaba dinero suficiente para comprarles vaqueros de contrabando a sus hijos y trajes de importación a su amada esposa. Entonces, ¿qué obligaba ahora a su hijo a leer *El último deseo* de su padre con tanta atención? ¿Y por qué había escogido este título? De momento, no es que tuviera muchas pistas. Quizás el último deseo del escritor Iván Ivak fuese que su hijo finalmente leyera su última novela. Si es así, estoy cumpliendo tu último deseo, papá.

A Valeri le resultaba un tanto incómodo leer sobre la vida íntima de sus padres. Cuando un libro es bueno, este tipo de cosas acostumbran a leerse sin ruborizarse. Pero una cosa es leerlas sobre personas abstractas, y otra muy distinta es hacerlo sobre gente a la que conociste personalmente, y más aún, sobre quienes te trajeron al mundo. Claro que podía entender que hicieran el amor, pero ¿que hubiera una tercera persona? Aunque, en el embrollo de lo íntimo, puede pasar de todo. Suerte que él no es escritor y su hijo nunca leerá nada acerca de todos los embrollos que tuvo con Marina.

En una de las conferencias en las que Valeri Ivak participaba periódicamente, coincidió con una profesora de Winnipeg, cuyo nombre no retuvo; es muy posible que se llamara Mrs. Chymala. Le pareció una mujer espantosa, una especie de mona de color violeta. Asistió a la conferencia y, después de que Ivak presentara su ponencia, levantó la mano como si fuera a preguntar algo importante, y acabó preguntándole por su padre.

—¡Oh, qué pena que su vida se haya extinguido!

No, papá, si soy como soy no es por tu Masha Kalamatna. Aunque, a decir verdad, tampoco es que hayas insistido demasiado en tu teoría. Más bien es gracias a la mujer de la limpieza, Irina Vasílivna, que fue como una abuela para mí. Me pregunto si te acordarás de ella en tu libro, pensó Valeri, y siguió leyendo.

* * *

Otro de los personajes clave en la vida de Iván Ivak fue el profesor Mijailo Mijáilovych, a quien ya hemos mencionado en más de una ocasión. Fue, probablemente, la figura más brillante de su vida anterior a la guerra. Iván era un mal estudiante. Pero ¿cómo podía ser un buen alumno si sus padres ni tan siquiera se preocupaban por lo que hacía en la escuela? Liuba le dedicó mucho tiempo a Valerik, sobre todo durante los primeros años. Se sentaba con él por las tardes, le dictaba, le pedía que leyera en voz alta y que copiara páginas enteras en sus cuadernos. A veces le reñía: «¡Escribes peor que un manco! ¡Con lo bonita que es la letra de tu padre! ¡Y él no tenía a nadie que le ayudara a hacer los deberes!».

Es verdad, nadie ayudaba a Iván a hacer los deberes. Ni él mismo. En su casa del barranco ni siquiera había una mesa donde poder poner un cuaderno o un libro. Pero, curiosamente, Iván obtenía unos más que merecidos «notables», e incluso algún que otro «sobresaliente», en lengua y literatura ucraniana, materia que impartía el susodicho Mijmij. Antes de la guerra, esta asignatura se llamaba «lengua materna». Ya entonces Iván pensaba, aunque en general era poco de pensar: ¿cuál era su lengua materna? Para comunicarse, sus padres utilizaban unas pocas decenas de palabras tomadas tanto del ucraniano como del ruso, con las que no sabían construir frases completas, articular pensamientos y expresarlos en palabras, así que preferían los gritos de una sola palabra. Iván se comunicaba con ellos en aquella misma variante dialectal del arrabal. La abuela Yavdoja hablaba un perfecto ucraniano, pero, ya fuera por su naturaleza o por las circunstancias de su vida, era muy reservada. En la escuela, Iván hablaba con sus compañeros en ruso. También con Masha Kalamatna. Masha, por aquel entonces, no sabía nada de ucraniano. Sus padres la habían obligado a estudiar alemán y francés, pero no ucraniano.

Aparte de Mijmij, Iván apenas podía recordar a ninguno de sus otros profesores. Ni sus rostros, ni sus nombres. Mentira, sí recordaba a su primera profesora, que tenía un nombre y un patronímico singulares: Malka Mordújivna. Podría pensarse que fue gracias a ella que Iván tenía una letra tan clara, y no «como la de un manco». Pero no, aquella letra a Iván le vino de nacimiento. Malka Mordújivna siempre le regañaba: «Vania, con la letra tan bonita que tienes, ¡cómo puedes cometer estos errores imperdonables en los dictados!». Iván se quedó con aquella palabra: «imperdonables». Errores imperdonables para un chico con tan buena letra. A los que escribían como si fueran mancos, Malka Mordújivna no les exigía tanto.

Ah, y también estaba Komuna Illivna, la singular profesora de dibujo. A Iván le encantaba dibujar, y sus dibujos de soldados del Ejército Rojo marchando con los fusiles al hombro colgaban en el pasillo de la escuela. Pero aquella era una asignatura complementaria en la que los niños del País de los Sóviets se limitaban a dibujar su infancia feliz. El resto de profesores eran todos iguales; ellos disfrutaban suspendiéndole y él «ahorcándolos» en hojas cuadriculadas que arrancaba de los cuadernos.

Dos semanas antes de que los alemanes tomaran Kyiv, pasó corriendo junto a la casa de Mijmij y Liudmyla Ulasivna.

—¿Por qué no has venido a la escuela, Ivas? —preguntó Mijmij amablemente.

—¿Todavía hay escuela? —preguntó Iván. Justo regresaba del centro para estar entre los que verían entrar triunfalmente a los alemanes en Kyiv.

—¡Pues claro que hay escuela! —respondió Mijmij con solemnidad—. ¡Y siempre la habrá! ¡Recuérdalo! ¡Nuestra escuela nunca desaparecerá!

Al día siguiente, Iván fue a la escuela, vio a sus compañeros y se sentó en una clase que, al final, no se impartió. El aula estaba alborotada, todos hablaban de qué pasaría si los alemanes tomaban Kyiv, si seguirían los mismos profesores o si los alemanes enviarían a otros. La profesora, creo que de biología, incapaz de acallar las voces de los alumnos, escribió en la pizarra el gran lema de aquellos días, añadiendo tres signos de exclamación:

¡¡¡Jamás una bota alemana pisará la sagrada tierra de Kyiv!!!

Aquel día, Iván no vio a su profesor de lengua materna y ya no volvió a la escuela nunca más.

En la década de 1970, la escuela organizó un acto en memoria de Mijailo Mijáilovych al que también invitaron a Iván Ivak, quien, por aquel entonces, era ya un respetado prosista y miembro de la Unión de Escritores. Leyó allí su relato titulado *¡Nuestra escuela nunca desaparecerá!*, dedicado a la memoria del Maestro.

Stepán Stepánovych, un maestro canoso, da su última clase en una ciudad en cuyos aledaños ruge la guerra que azota el país. Pero el profesor dicta con calma un texto que todos sus alumnos escribirán sin un solo error. ¡Incluso los peores alumnos de los pupitres de atrás! Porque ¿cómo puede uno equivocarse con la palabra «Patria» cuando esta corre peligro?

—No, ahora no corregiré sus cuadernos —dice Stepán Stepánovych—. Lo haré cuando acabe la guerra. ¡Y eso ocurrirá pronto, muy pronto! ¡Guarden sus cuadernos, mis queridos alumnos, hasta la próxima clase! ¡Esta la podemos dar por terminada!

Pero los alumnos, que siempre salían escopeteados de un lado para otro cuando el profesor pronunciaba estas palabras, no se mueven del sitio. Quieren quedarse un poco más en el aula. Como si así pudieran, ni que fuera por un instante, retener la vida en paz.

Mientras Iván Ivak leía su relato, los asistentes a la velada en memoria del viejo profesor, cuya fotografía ampliada se alzaba enmarcada junto a un jarrón con dos claveles, lloraban como se llora en un funeral. Sin embargo, una antigua alumna se levantó y exclamó:

—¡Así fue la última clase de lengua! ¡Pero también hubo una última clase de literatura! ¡Y, en ella, Mijailo Mijáilovych leyó a nuestro querido Shevchenko! ¡Durante toda la clase!

¡Y nosotros lo escuchábamos extasiados! ¡Mijailo Mijáilovych era un maestro con mayúsculas!

Acabada la velada en memoria de Mijmij, Iván se dirigió a la parada de trolebús con otra compañera de clase que recordaba perfectamente cómo había sido la última clase de lengua en septiembre de 1941. No fue Shevchenko a quien leyó Mijmij, sino unos versos absurdos dedicados a Stalin, ¡y no paraba de trabarse todo el rato! Se notaba que el viejo profesor estaba desconcertado y no sabía qué aconsejar a sus alumnos cuando los alemanes estaban a punto de entrar en Kyiv. ¿Escupirles a la cara? ¿Cantarles canciones dedicadas a Stalin? Por eso, en la última clase, no nos instó a convertirnos en héroes, sino al contrario, nos aconsejó, atropelladamente, que fuésemos prudentes. ¡Pero, aun así, era una gran persona! ¡Que sus restos descansen en paz, allí donde sea que estén!

Otra cosa es si, de verdad, Mijmij era un maestro con mayúsculas…

* * *

¿Acaso hubo Maestros, con mayúsculas, en las escuelas soviéticas? Valeri apartó la mirada de *El último deseo.* Yo nunca tuve ninguno. Es posible que hubiera profesores buenos, pero lo que son Maestros, Maestros, ni uno…

En Varsovia ya es muy tarde, pero allá donde está mi hijo apenas ha empezado a anochecer. Acaba de publicar un nuevo comentario sobre los edificios grises:

> En este edificio gris claro, aunque, a fin de cuentas, gris, vivía mi profesor de inglés, Gavrilo Matviiovych Magovski. Íbamos los tres: Lilka, mi primo Mike Burkó y yo. Al principio dos veces por semana, luego

tres. Gabriel Mag, así es como le llamábamos. A nosotros, chicos y chicas de apenas trece años, nos permitía tutearle y dirigirnos a él por su nombre de pila. Aquí es de lo más normal dirigirse a un profesor por su nombre, pero resultaba casi inaudito en la Kyiv postsoviética. Decía que la verdadera distancia entre el profesor y los estudiantes no la establece el dirigirse a alguien como «Gavrilo Matviiovych» o como señor Gavrilo, sino algo totalmente inaprensible, que simplemente existe o no existe. Y si no existe, no hay nada que pueda ayudar al profesor a enseñar ni al estudiante a aprender nada. Y Gab Mag añadía que uno puede aprender más de lo que llamamos el mal que de lo que llamamos el bien.

¡Si de verdad quieres ser un maestro, que sea un maestro con mayúsculas! ¡Los demás no sirven para nada!

Echo de menos a nuestro Gab, creo que más que a mi querida Lilia. Pero soy incapaz de encontrarlo.

Estamos perfectamente sincronizados, hijo, pensó Valeri, y respondió al comentario publicado por su hijo:

Si recuerdas para siempre lo que Gab te enseñó, ¿qué necesidad hay de buscarlo? ¡Ya está contigo!

El hijo añadió un simple «me gusta» a la respuesta, pero no le contestó.

Valeri recordaba bien al profesor particular de sus hijos, Gavrilo Matviiovych Magovski, con quien aquel «alegre trío» iba a clases de inglés. Lo que no lograba recordar era cuál de sus familiares o conocidos de Kyiv les había recomendado aquel maestro. A juicio de sus padres, el nivel de inglés en la escuela de Pavló era lamentable. Pero era imposible encontrar un profesor de confianza cerca de su casa. Todo lo bueno de la Ciudad de los Edificios Grises se ubicaba en el centro.

Y Magovski vivía nada menos que en la mismísima ciudad de Yaroslav, a dos pasos de la catedral de Santa Sofía de Kyiv.

Valeri nunca consiguió acordarse de quién le había dado el número de teléfono del maestro, aunque aún conservaba un recuerdo nítido de cómo había negociado el precio de las clases con él. Eran los años noventa, y el maestro le propuso un importe en dólares que crecía casi a diario. Era una cantidad demasiado elevada. Pero el profesor dijo que su método funcionaría mucho mejor con dos alumnos, idealmente tres. En seguida, Mijás se unió a Pavló. En aquella época, los dos primos estaban enfrentados, algo que preocupaba particularmente a Irina, que estaba convencida de que su sobrino Pavló había sido mucho más afortunado en la vida que su querido Mijás. Fue la misma Irina quien sugirió que Pavló se quedara a comer con ellos cuando acudiera a las clases. El precio de las clases se hizo más llevadero. Pero Ira no se detuvo allí, y sugirió que Lilia se uniera también a los dos primos. Valeri recordaba perfectamente el día en que, en compañía de Pável, Mijás y Lilia, que entonces tenían doce años, subió hasta el último piso de un edificio de color gris claro cerca de la catedral de Santa Sofía. Recordaba la luminosa habitación, donde, junto a un gran escritorio, aguardaban tres sillas para los alumnos, y cómo en un rincón yacía un perro educado y muy bien adiestrado. Los recibió un hombre de estatura mediana, a quien el espigado Valeri observaba de arriba abajo, con una abundante cabellera rubia, una sonrisa agradable y un apretón de manos firme y cálido. Conversaron unos minutos en inglés, tras lo cual Valeri sintió la satisfacción de estar confiando a su hijo y a su sobrino a un buen maestro. Y aún ahora, pasados más de diez años, Valeri volvía a revivir aquella sensación agradable al evocar la visita. Y en ese preciso instante, un pensamiento le cruzó la mente:

ya sabía a quién se parecía el desconocido de Varsovia, el que le había entregado el cuaderno de su padre que ahora mismo estaba leyendo.

* * *

Dicen que los comunistas capturados por los alemanes no eran fusilados en el barranco de Dorohozhytska, como los judíos, sino enviados a campos de trabajo. Alguien contaba haber visto a Mijmij con vida en un vagón, en el año 43. Después de la guerra, Liudmyla Ulasivna escribió a todos los servicios de búsqueda de prisioneros que pudo, y todos le contestaban, le daban esperanzas; pero nunca llegó a encontrar a su marido.

—Está vivo. Vivo. Aunque a duras penas se sostiene en pie —aseguró convencida la adivina Stepányda a Liudmyla Ulasivna, incluso antes de que «los nuestros» regresaran a la ciudad. Stepányda vivía en aquel mismo barranco y durante la guerra sus servicios estuvieron muy solicitados. Le llevaban lo último que tenían con tal de oír lo que tuviera que anunciar. A veces eran desgracias, y entonces no aceptaba las ofrendas de quienes habían venido a consultarle. Pero en otras ocasiones predecía algo bueno, así que nunca le faltaban ni mijo ni harina.

—Ay, ¡cuántas vidas van a echar a perder estas manos tuyas! ¡Cuántas, por Dios! —le dijo a Iván, a pesar de que él no le había preguntado nada y solo acompañaba a Liudmyla Ulasivna.

—¿Y cómo te atreves a decirle eso al pobre chico? —la reprendió la viuda del profesor, aunque, siendo escrupulosos, entonces aún no era viuda.

—Yo solo digo lo que veo —murmuró la adivina.

Durante la ocupación alemana, Iván solía pasar por casa de Liudmyla Ulasivna con el pequeño Lesyk en brazos. Su madre lo había parido poco después de que María partiera. Iván había pendoneado tanto con Mashka durante el primer año de ocupación que el segundo decidió pasarlo sobre todo en casa. Su madre, a la que se le había agotado la leche, trabajaba como mujer de la limpieza para los alemanes. E Iván cuidaba de su hermano pequeño. A veces tenía la sensación de que el niño era suyo y de Masha, a quien echaba terriblemente de menos, aunque a ratos se alegraba de que hubiese desaparecido. Ha huido y me ha dejado a mí solo con el niño, fantaseaba. ¿Y si fui yo quien realmente lo parió?, pensaba Iván, quien, de hecho, había asistido en el parto a su madre, a la que en aquel momento compadeció con una profunda ternura. Temía sinceramente que el niño no sobreviviera, como sucedía con tantos otros nacidos durante aquellos años de ocupación, fruto de las relaciones anárquicas entre mujeres de Kyiv y hombres, ya fueran autóctonos o alemanes.

En el verano del 43, aún bajo la ocupación, lo bautizaron en la iglesia de San Macario. Iván fue su padrino y Liudmyla Ulasivna, la madrina. De regreso a casa, ella rompió a llorar con el niño en brazos y dijo cuánto se habría alegrado Mijailo Mijáilovych de aquel acontecimiento, y maldito el día en el que se vio arrastrado por aquel dichoso partido. Aquellas palabras manaron de los labios de la viuda desde lo más hondo de su alma.

¿Por qué considero entonces que la figura de Mijmij fue clave en la vida de Iván Ivak? No solo porque en la casa de su viuda Iván encontró el calor que tanto faltaba en la suya, sino porque gracias al maestro Mijailo Mijáilovych Iván tuvo la posibilidad de descubrir la literatura. Iván era hijo de proletarios de primera generación y vivía en un mundo en el que no se hablaba ni se leía, y ni siquiera se cantaba. Y fue aquel maestro soviético de lengua y literatura el único que logró despertar en él la capacidad de expresar con palabras el torbellino oscuro de un alma apenas formada.

En el otoño del 43, cuando el Ejército Rojo avanzaba y el frente rugía cercano, los alemanes comenzaron a expulsar de la ciudad a los habitantes de Kyiv; la gente no pudo regresar a sus casas hasta pasada la primavera. Pero los alemanes se olvidaron de los barrios miserables del barranco, y sus pobladores fueron los primeros en hallarse en lo que llamaban «territorio liberado».

Poco después llegaron dos cartas del correo militar. Una, de su hermano Iliá, a quien habían herido, pero que seguía con vida y pronto se recuperaría. La otra notificaba la defunción de su padre, que había muerto «como un héroe». El aullido de dolor de su madre atravesó todo el barranco. Las vecinas la rociaban con agua y le preguntaban: «¿Y cómo habrías recibido a Zajar, con Lesyk en brazos?».

—¡Le habría dicho que era suyo! ¡No sabía contar! —aullaba con dolor redoblado la madre, porque cuando uno recibe la noticia de una desaparición tiene que aullar con toda su alma.

Antes de año nuevo, Iván volvió a la escuela a regañadientes. ¿Qué otra opción tenía? Pasó a séptimo gracias a un programa acelerado. Ahora, en la clase solo había chicos, las chicas habían desaparecido. Pensaba que al terminar la escuela entraría en una escuela técnica, para aprender carpintería. Tenía sus propios planes, y pensaba en arreglar la choza en la que vivían y, quizás, construir una pequeña casa anexa con sus propias manos. Su madre y el pequeño podían quedarse donde estaban. Iliá podía hacerse otra para él. Pero el destino, y aquellos que acechaban a los chicos de su edad, parecían tener otros planes.

Fue entonces cuando apareció en su vida otra figura clave. Ocurrió en abril del 44. Un día le pidieron si, por favor, podía salir de clase. En un aula vacía lo esperaba un hombre en uniforme militar, pero sin insignias. Con una amplia sonrisa le propuso ingresar, en cuanto terminara el curso, en la academia de infantería. Iván se negó tajantemente: ¡él quería ser carpintero! ¡Tenía que construir su propia casa!

—¿De verdad te crees que no tenemos ni idea de a qué te dedicabas en la zona ocupada? —le preguntó el hombre—. ¿Qué me dices de los contactos con el enemigo, o del libertinaje cotidiano, por ejemplo?

Claro que el personaje utilizó una expresión rusa que podía traducirse algo así como «depravación doméstica», una acusación que encajaba perfectamente con la relación que tenía con María Kalamatna. Y sí, efectivamente, también hubo contactos con enemigos en casa del comandante de brigada.

Hoy, al recordar esa conversación, me pregunto si aquel hombre sabía realmente algo sobre Iván, sobre Masha, sobre Frau Elsa, sobre Walter Falke o sobre si Iván había bautizado a su hermano Lesyk. O si, como dicen ahora, simplemente iba de farol. Estoy convencido de que si Iván le hubiera dicho que en la Kyiv ocupada había intentado contactar con la resistencia soviética y que si sobrevivió fue de milagro, el hombre tendría ya una respuesta preparada que le obligaría a aceptar la propuesta. Pero no fue necesario buscar otros argumentos. Iván, como estaba calculado, entró en pánico, como si se le hubieran aparecido de nuevo aquel aterrador soldado alemán y su bestia rojiza de la plaza Lviv.

Pero en esta ocasión el miedo no desapareció tan rápido. Porque era un miedo desesperado, visceral, de los que despojan a una persona de cualquier rastro de humanidad. Aquel que sabe infundir un miedo como este domina el mundo.

Eso lo digo yo ahora, cuando ya soy viejo, padre de dos hijos adultos, abuelo de dos nietos también adultos, viudo, y al borde de la nada… Y temo que aquella nada no llegue nunca, y que lo único que me espere sea una insoportable e infernal existencia. De la misma manera que, en el aula vacía de su vieja escuela, el Iván Ivak de aquellos tiempos temía algo incomprensible y mucho más aterrador que los soldados alemanes con perros o con zorros deambulando por las calles de la Kyiv ocupada.

—¡¿La patria soviética te ofrece la oportunidad de redimir tu vergonzoso comportamiento en el territorio temporalmente ocupado, y tú te niegas?!

—¡Nadie ha dicho que me niegue! Pero ¿me aceptarán ahora? —Iván se reveló como un auténtico cobarde.

—Nos lo pensaremos. Si hubieras aceptado a la primera, no dudaríamos. Pero ahora que sabemos que no podemos confiar en ti…

—¡Acéptenme! ¡Se lo contaré todo! —gritó Iván, y su voz resonó por el pasillo de la escuela. El hombre se llevó un dedo a los labios en señal de silencio.

—Espera nuestra decisión. Volveremos a buscarte. Y confío en que comprendas que nadie debe saber nada de esta conversación. Absolutamente nadie.

Ah, esa táctica de dejar lo importante para más tarde (ya volveremos, mientras tanto, piénsatelo bien) hasta que el miedo te corroe completamente, hasta que ya no queda nada de humano en ti. Iván pasó varios días sumido en un frío negro entre la garganta y el estómago. Como si se hubiera tragado un pedazo de hielo sucio, roñoso, que se resistía a derretirse. Seguro que sabían lo de Masha, y también que habían cenado con Elsa y Walter Falke y habían comido ostras con las cucharillas del comandante, y habían bebido vino blanco de sus copas. Iván había compartido mesa con un enemigo acérrimo de la Patria Soviética mientras escuchaba los discursos de la *Volksdeutsche* Elsa Karlivna. Y que Walter Falke recitase poesía rusa solo confirmaba que los enemigos disponían de un amplio arsenal para seducir a los más ingenuos.

Y ahora le proponían que delatara a los que, durante la ocupación, habían osado dudar de la Patria Soviética. ¡Aún no se lo habían pedido directamente, pero todo apuntaba en esa dirección! Si al menos pudiera hablarlo con alguien. Con su madre era absurdo, no hubiera entendido nada. Pero es posible que Liudmyla Ulasivna sí. Al fin y al cabo, ella era la viuda de un maestro soviético, la viuda de un comunista al que aquellos malditos invasores nazis habían apresado.

A los pocos días lo llamaron de nuevo. Esta vez resultó ser un hombre sorprendentemente cordial, incluso amable:

—¿Así que tú eres Iván Ivak, el que quería ser carpintero? Tranquilo, ahora ya no tienes que preocuparte por construir tu propia casa. Si sirves como es debido, el Estado se encargará. Mientras estudies, vivirás en un cuartel. Después, en una residencia. Y cuando llegue el momento de casarte, ¡ya podrás disfrutar de tu propio piso! ¡Solo tienes que ayudarnos a acabar con los fascistas y a liberar la Patria! Y a exterminar a nuestros enemigos internos. ¡Que no se te olvide! ¡Los enemigos internos son los más peligrosos de todos! Durante la ocupación alzaron la cabeza, y ahora se esconden. ¡Pero los vamos a liquidar a todos! ¿Verdad, Iván?

La perspectiva de marcharse de aquella odiosa barraca del arrabal le pareció maravillosa. ¿Por qué no habían empezado por aquí?

—¡Por una vivienda en propiedad en la colina, lejos del barranco, haré lo que sea! ¡Al servicio de la Patria Soviética!

—ladró alegremente Iván, provocando una amplia sonrisa en su reclutador.

Sobre mi formación en la escuela del NKVD, las «grandes hazañas» y los «amigos de verdad», escribí una novela titulada *Mi juventud en el Komsomol.* Por suerte, no la han reeditado ni espero que la reediten. ¿Quedarán aún ejemplares en alguna de las grandes bibliotecas del país? Seguro que sí. ¿Y qué pensarán los semiólogos quisquillosos, como los amigos de mi hijo, cuando la lean? Pero Iván Ivak empezó a escribir libros más tarde. Antes vino el servicio. ¡Y no fue un servicio cualquiera!

¿Era mejor el cuartel que la choza del arrabal? Seguro que no era peor. En casa ni siquiera tenía un rincón propio. Allí empezaron a alimentarlo adecuadamente. Tras la liberación de Kyiv, la comida escaseaba más aún que durante la ocupación. Además, a los cadetes los llevaban una vez por semana a los baños, que disponían de agua caliente. Y en el barranco, como en toda Kyiv, se había extendido una plaga de piojos, y con una sola bomba de agua para toda la calle era imposible combatirla.

También empezó el lavado de cerebro. Pero, como diría mi hijo Valeri, entre los cadetes había poco cerebro que lavar, y no resultó una operación difícil. Y, en efecto, Iván empezó a olvidar cómo había sido su vida en la Kyiv ocupada. Como si alguien le hubiese arrancado de la memoria los recuerdos en los que se reflejaba el deslumbrante mercado judío de Yevbaz, la casa de los Kalamatny, la residencia del comandante de brigada donde vivían Walter Falke y Elsa Karlivna, y otras tantas imágenes llenas de color. En su lugar, le implantaron un cine en blanco y negro donde los alemanes metían a todos los habitantes de Kyiv, sin excepción, en una misma fosa, donde malvivían durante dos años sin comida y sin agua, muertos de frío y de miedo. Y los valerosos guerrilleros soviéticos eran los únicos que, de vez en cuando, arrojaban a aquellos pobres desgraciados algo de comer para que así no murieran de hambre. Si no hubiese sido por ellos, nadie habría sobrevivido hasta la llegada de los libertadores.

Al terminar de escribir mis recuerdos hasta los primeros años de la posguerra, volví a estancarme, de nuevo recaí en mi enfermedad, y de nuevo pude oír la llamada de la muerte. Y de nuevo vino un médico de la clínica. Era un hombre muy educado y correcto. Írochka estaba en casa cuando se presentó. Hace años que oigo mal, a veces me cuesta entender lo que me dicen. Pero aquella vez pude seguir toda la conversación en el pasillo, mientras Írochka lo acompañaba hasta la puerta:

—No tendrá cáncer, ¿verdad?

—Si fuera así, todo sería mucho más fácil. Al menos tendría la posibilidad de acabar con ello.

—¿De acabar con qué?

—Con su vida.

—¡Pero yo quiero que viva!

—Y vivirá, no sufra. Vivirá mucho tiempo. Su enfermedad es, digamos, profesional. Y todos acaban muriendo de viejos.

—¿A quién se refiere con todos?

—Ahora me dirá que no sabe quién es su padre.

—¿Que quién es mi padre? ¡Mi padre es escritor!

—¡Pues entonces, la próxima vez, llame a un médico de la clínica de escritores!

Ustedes pensarán que sobre aquellos diez años en los que Iván Ivak trabajó para la policía secreta del País de los Sóviets podría perfectamente escribirse una gran obra sobre la verdad. ¿Qué importa ya, cuando uno ha decidido confesarse, que lleve sus actos hasta sus últimas consecuencias? A fin de cuentas, todos aquellos acuerdos de confidencialidad se firmaron en un país que ya no existe. Y en los últimos años de existencia del País de los Sóviets ya se había dicho prácticamente todo sobre las represiones de antes y de después de la guerra. Se publicaron una gran cantidad de memorias que despertaron un enorme interés entre el público; mi hijo y sus amigos las leían en *samizdat* mucho antes de la perestroika. Luego, todos aquellos *Viajes tormentosos* y todas aquellas memorias de viudas de poetas famosos acabaron por aburrir a todo el mundo. Ahora, la gente de los países que surgieron de la desintegración del País de los Sóviets tiene otro tipo de problemas, y quieren leer otro tipo de libros. O no leer ninguno. Hace mucho tiempo ya que a nadie le interesa la verdad sobre las represiones estalinistas. Y más aún si esa verdad no trajo la vida próspera que los antiguos ciudadanos soviéticos esperaban durante la perestroika.

Justo antes de la caída de la Unión Soviética, algunos corrieron a los archivos para consultar los expedientes de sus padres y abuelos desaparecidos en aquellos años trágicos. Algunos tuvieron suerte y consiguieron los expedientes de sus familiares. Lo que más les interesaba era saber quién había escrito las denuncias contra ellos. Se registraron varios intentos de venganza contra los denunciantes. A casi nadie le interesaban los nombres de los instructores que llevaban los casos de sus parientes, aunque su culpa era incomparablemente mayor que la de los delatores. En ocasiones, los instructores podían llegar a cambiar el curso del caso para evitar que los acusados recibieran la pena capital, y conseguir que los enviaran a un campo de trabajo, del que algunos, a veces, volvían. Y era entonces cuando escribían esas memorias que podían llegar a publicarse en el extranjero.

Los delatores, en cambio, actuaban impulsivamente y muchas veces ni siquiera sabían a qué condenaban a quienes habían denunciado. Los nombres de los instructores aparecían en los expedientes y, si uno se lo proponía, era posible encontrarlos. Pero a los buscadores de la verdad rara vez les interesaban sus nombres. Tampoco les interesaban ni lo más mínimo las identidades de quienes ejecutaban las sentencias de muerte. Incluso en aquellos pocos años en los que la atención hacia las represiones alcanzó su cénit, nadie intentó averiguar nada sobre los últimos momentos de sus amigos y familiares condenados, ni sobre quién ni cómo les habían quitado la vida.

Durante la primavera de 1944, junto a las ruinas calcinadas del ayuntamiento, los alemanes eran ahorcados públicamente. Iván Ivak pudo verlo con sus propios ojos. Los dientes le castañeteaban y tenía las palmas recubiertas de un sudor frío. Otra vez tuvo aquel ataque de terror total que devora todo lo humano que hay en un hombre. Iván temía ver en la horca a Walter o a Elsa. Dios los libró tanto a él como a Walter Falke de esa prueba. Volvería a encontrarse con un Walter Falke ya canoso y seductor en una delegación del Comité de Amistad URSS-RDA; se estrecharían la mano y durante unos minutos evocarían afectuosamente el pasado. Pero eso ocurriría mucho más tarde, varias décadas después. A los cuatro años de la ejecución de los alemanes en la antigua plaza del ayuntamiento, a Iván Ivak se le confió la ejecución de sentencias de muerte a los enemigos del pueblo en nombre del País de los Sóviets. Y de esa prueba no lo salvó ni Dios. Y tampoco le confirió la dignidad para superarla.

Fue precisamente en aquella época cuando Iván conoció a Liuba. Fue en uno de los bailes que se organizaban en el club del NKVD, donde solo se invitaba a chicas de confianza.

No creo que investigaran sus biografías hasta la tercera generación, pero estaba claro que allí no podía entrar cualquier chica de la calle. Se invitaba de forma centralizada a estudiantes de escuelas de medicina, de pedagogía o de otras facultades en las que solo había mujeres.

Liuba estudiaba en la escuela de biblioteconomía. ¿Qué fue lo que atrajo a Iván al principio? ¿Tal vez que fuera todo lo contrario que Masha Kalamatna? Era rubia y preciosa. Se parecía a la famosa actriz Liubov Orlova. A ella la impresionó que aquel joven de uniforme adivinara su nombre, aunque él simplemente se había dirigido a ella por el nombre de la célebre actriz soviética. Sin embargo, pese a ser tres veces más atractiva que María, Liuba no sabía sacar provecho de sus encantos. Se quedaba apoyada contra la pared, sin esperar a que nadie la sacara a bailar. Florecería y se volvería una mujer deslumbrante solo después de casarse con él. E Iván se hinchaba como un pavo cuando sus conocidos le decían lo atractiva que era su esposa.

Y aunque Liuba, en efecto, era una mujer realmente seductora, e Iván siempre se afeitaba deprisa y corriendo y se alejaba tan rápido como podía del espejo, la que de verdad ansiaba casarse era ella. Él simplemente sucumbió a la tentación; sabía que, una vez casados, tendrían una habitación para ellos solos en la residencia. En las residencias para obreros ni siquiera existía tal privilegio; allí, las familias se amontonaban en una misma habitación. Tenía todo el sentido del mundo trabajar en uno de los organismos del Estado. Pero ni siquiera en su residencia los solteros disfrutaban del lujo de tener una habitación propia. Los que no estaban casados compartían una habitación para, como mínimo, tres. Arrimados el uno al otro. ¿No son precisamente para eso las residencias? Aunque cualquier cosa era mejor que una chabola en el barranco, adonde había regresado de la guerra su hermano mayor Iliá.

—Iliá, ¿tú mataste a alguien en la guerra? —le preguntó Iván, mientras compartían una botella de vodka en la mesa que sacaban a la calle en verano, al lado de la casucha en el barranco. Liuba y la madre preparaban la comida, y Lesyk correteaba alrededor de la casa.

—¡Claro que sí! ¡Tengo cientos de miles de almas en mi cuenta! ¡Era francotirador! ¿No te lo había dicho? —Era imposible comprobar si decía o no la verdad. Pero se enorgullecía de haber aniquilado a los enemigos que arrasaban las ciudades y las casas del País de los Sóviets.

Su hermano no sentía ningún tipo de remordimiento por haber matado alemanes. Lo que sí le atormentaba era cuando, hacia el final de la segunda botella, empezaba a recordar los momentos en los que les ordenaban fusilar a los suyos delante de toda la tropa.

—¡Sí, eran unos traidores y unos bandidos! ¡Pero eran buena gente! ¡Simplemente habían escogido la senda equivocada! —gritaba Iliá Ivak a todo el barranco—. ¡Y nosotros los fusilábamos! ¡Yo cumplía órdenes del País de los Sóviets!

Es muy posible que aquellos a los que Iván Ivak ejecutaba en el sótano del terrible edificio gris también fueran buena gente. Y que, simplemente, hubieran escogido la senda equivocada. Él también cumplía órdenes del País de los Sóviets.

—¡Pensad que estáis liquidando a los que asesinaron a vuestros seres queridos! —Así es como instruían a los verdugos que ejecutaban las sentencias de muerte. Como decía mi hija Írochka, psicóloga de profesión, uno tiene que pensar en cualquier actividad desde una perspectiva creativa. Y a nosotros nos enseñaban a pensar en la ejecución como acto creativo. Iván, por ejemplo, intentaba imaginar que a quien mataba era al asesino del profesor Mijmij. Porque algún desalmado malnacido había acribillado al viejo maestro cuando este ya no tenía fuerzas para seguir marchando en la columna de prisioneros. Alguien había alzado la mano contra aquel anciano indefenso. Pero la ira contra los asesinos de Mijmij pronto se extinguió y ya no conseguía alimentar la determinación de Iván. Se necesitaban nuevas fuentes de inspiración, otras motivaciones que guiaran su conducta. Como, por ejemplo, conseguir una vivienda propia en una ciudad devastada por la guerra, en la que la mayoría de la gente compartía habitación con otras cinco personas en un espacio de poco más de ocho metros cuadrados. Pero para eso había que trabajar a conciencia. Hacerlo todo con esmero y dedicación, cumpliendo estrictamente las instrucciones. E Iván Ivak seguía siempre las instrucciones a rajatabla. Al fin y al cabo, pensaba, los que las habían redactado tampoco eran tan idiotas.

¿Queréis adentraros aún más en el pasado de Iván Ivak? ¿O, mejor dicho, ir un poco más al fondo? Porque la palabra «ejecutaba» no acaba de reflejar toda la verdad. Uno se acerca más a ella cuando aparecen palabras como «horca», «soga», o «darle una patada a la banqueta»... Os invito, pues, a entrar conmigo en este ascensor que no sube, sino que baja hasta el fondo del sótano. Viajemos juntos al turno de noche.

¿Y por qué precisamente de noche? A fin de cuentas, allí daba igual si arriba era de día o de noche. Y las personas a las que traían, si es que aún podían considerarse personas, llevaban meses en esos sótanos sin saber si era de día o de noche, verano o invierno. La mayoría lo olvidaban todo. Olvidaban que eran seres humanos, o cuál era su nombre. Quien se lo recordaba era el compañero de Iván, Serguí Jarch. Él era el encargado de conducirlos hasta esta sala.

Los guardias se quedaban fuera. Serguí guiaba al condenado hasta la sala Menos Treinta y Uno y lo acompañaba hasta una estructura de madera a la que llamaban pedestal. Tenía un peldaño a la izquierda, otro a la derecha, y había que dar dos pasos para acceder al centro de la plataforma. Un par de décadas después, cuando la televisión soviética empiece a transmitir competiciones deportivas internacionales, especialmente de patinaje artístico, cada vez que Iván vea cómo los deportistas suben al podio de honor, el primero en el centro, el segundo y el tercero a ambos lados, recordará aquel pedestal del sótano.

Serguí subía el primer escalón junto con el condenado, luego lo empujaba hacia arriba hasta que llegaba a la parte central. A la altura de la cabeza del condenado se balanceaba la soga, mientras Serguí Jarch bajaba corriendo a coger la carpeta con el escudo del País de los Sóviets y leía en voz alta la sentencia:

—En nombre del Estado soviético… —A lo que seguía el nombre completo del condenado, y después aquellas mismas docenas de palabras ya oídas en docenas de ocasiones que Iván ya se sabía de memoria y que, en esencia, decían: «¡Se le condena a la pena capital!».

Mientras Serguí Jarch recitaba animadamente el texto de la sentencia, Iván Ivak colocaba la capucha en la cabeza del condenado, luego la soga, saltaba del pedestal y lo empujaba para que el condenado quedara colgando. Entonces Jarch encendía el altavoz desde donde brotaba la canción revolucionaria: «¡Con paso firme, camaradas, en la lucha nuestro espíritu se fortalecerá!».

La música ahogaba los estertores del ahorcado, que pronto se amansaba en la soga y empezaba a balancearse como un fardo colgante. Ivak sabía que el trabajo estaba terminado cuando la hinchazón entre las piernas del ahorcado se encogía. Así es como los había instruido el doctor Máyovych. Si no hubiera sido por él, nunca se habría fijado en el detalle, pero ahora lo notaba siempre. Algo tan desgraciado, tan acongojado, y tenía la entrepierna como si estuviera bailando sensualmente con una mujer fogosa y despampanante.

El doctor Máyovych les había explicado que a un ahorcado siempre se le empina. Por muy viejo y chocho que sea. Es como si el condenado copulara con Su Majestad la Muerte. Pero uno no puede poseer a la Muerte, porque no es una mujer que se entregue, sino una que embiste.

Junto a la horca preparaban un ataúd. Jarch e Iván volvían a acercar el pedestal a la horca, sacaban el cuerpo de la soga y lo colocaban en el ataúd sin quitarle la capucha. Los guardias se llevaban el féretro. Luego venían unas misteriosas mujeres de la limpieza, a las que nunca habían visto, y fregaban la sala Menos Treinta y Uno mientras ellos, Serguí Jarch e Iván, tomaban té en el cuarto contiguo Menos Treinta y Uno bis. A veces, Jarch se acercaba al armario con número de inventario (-31 BIS) y sacaba de allí una botella de coñac. Y brindaban a la salud del alma del recién ejecutado, por muy poco que creyeran en la inmortalidad del alma.

—No le quites nunca la capucha a ninguno de tus muertos, Iván —le advirtió un compañero que también hacía el turno de noche en la sala Menos Treinta y Uno—; basta que lo hagas una sola vez y ya no podrás seguir trabajando.

Y aunque el doctor Máyovych, testigo de aquella conversación, en seguida objetó que un verdadero héroe debe mirar serenamente a la muerte a los ojos, y que ellos, caballeros del frente invisible, estaban llamados a ser verdaderos héroes, las palabras de aquel camarada calaron más hondo en el alma de Iván que toda la palabrería de Máyovych sobre el heroísmo.

Más hondo que todo lo oído en las charlas políticas que organizaban con regularidad para los que servían en la unidad especial durante aquellos años aciagos en los que el País de los Sóviets acechaba con especial celo a sus enemigos.

—¡Tú eras el que engrasaba la soga! —le gritará dentro de un cuarto de siglo su hijo Valeri, quien sabrá obtener de su padre todo lo que se le antoje, echándole en cara su pasado de caballero del frente invisible.

Pero el sargento Ivak no engrasaba las sogas, porque no era él el encargado de salvaguardar el instrumental para las ejecuciones. De eso se ocupaban otros funcionarios. Él solo comprobaba que todo estuviera disponible y en funcionamiento según el protocolo.

Una vez, después de verificar que el ataúd estuviera colocado junto al pedestal para facilitar la introducción del ejecutado, Iván notó una arista astillada en la cabecera del féretro. No le habría dado ninguna importancia si no fuera porque aquella misma arista también estaba astillada en su último turno. Y también en el anterior a aquel, si la memoria no le engañaba. Con el tiempo, comprendería que probablemente usaban el mismo ataúd para todos los condenados a muerte; primero los sacaban en él de la sala Menos Treinta y Uno, y después, ya sin ataúd, los cuerpos eran eliminados, mientras que el féretro con la arista maltrecha volvía a su sitio.

Junto a aquella caja, Iván recordaba las palabras de su abuela Yavdoja y, de un modo extraño, se alegraba por aquellos a los que despedía hacia el otro mundo. Pero las palabras «recordaba» y «se alegraba» no expresan con exactitud, o mejor dicho, no reflejan en absoluto el estado mental que en aquel momento le poseía. Es muy probable que, por aquel entonces, en su memoria solo estuviera el recuerdo de su abuela Yavdoja, que junto al pequeño Ivásyk revisaba sus cosas «para la muerte». ¿Quién le haría a ella un ataúd como el de su madre, a la que despidió en su último viaje con todos los honores? Gracias a su abuela Yavdoja, Iván supo también que el bisabuelo de ella, es decir, el tatarabuelo de Iván, fue un santo y durante muchos años durmió en el mismo ataúd en el que finalmente sería enterrado. En cambio, al marido de la abuela, o sea, al abuelo de Iván, según contó la abuela, «lo echaron sin ataúd ni nada en aquella fosa en las afueras del pueblo, en aquel año tan terrible».

Por eso a Iván no le horrorizaba que alguien pudiera ver su propio ataúd en vida, sobre todo si era de madera de calidad y no hecho de aglomerado. En cambio, para los condenados debía de ser una tortura añadida que aumentaba aún más su pavor a las puertas de la muerte. No hay nada más aterrador en el mundo que el terror mismo.

Hace poco leí que es absolutamente imperdonable permitir que un ser humano sienta pavor en sus últimos minutos en la tierra. Es contrario a la ley de Dios, en el sentido más amplio. Y va contra la estructura misma del universo. Incluso el verdugo debe intentar calmar al condenado antes de ejecutarlo. No aliviar su sufrimiento en los últimos instantes de su vida es un pecado aún mayor que el de matar. Años después, Iván Ivak y su familia vieron la película *El secuestrado* en el cine Komsomólets; en ella, el verdugo le dice a la mujer a la que acababa de poner la soga en el cuello: «No tengas miedo, pronto todo habrá terminado».

Pero era imposible calmar a aquellos a los que Iván Ivak estaba a punto de quitar la vida. Estaban tan aterrados, que incluso si en el último segundo les hubiera llegado el indulto, igualmente se habrían sentido ejecutados. Esa era la verdad que Iván Ivak se llevaba cada vez que salía de la sala Menos Treinta y Uno.

Y entonces, un día de abril, Iván Ivak fue trasladado a otro puesto. Y nunca más se dedicó a lo que se había dedicado durante aquellos dos últimos años. Iván recordaba bien la noche de su último turno: cuando salió a la calle aquella noche, las campanas repicaban con fuerza. Siguieron repiqueteando durante todo el camino desde el edificio gris hasta la residencia, y una mujer con la cabeza cubierta con un pañuelo blanco que caminaba junto al teatro de la ópera le gritó: «¡Cristo ha resucitado!». Y él, en lugar de responder, se llevó el dedo a la sien, como diciendo: «¿Acaso no sabes, idiota, que en el País de los Sóviets Dios no existe?».

Después enfermó de gripe y le dieron la baja. Tenía fiebre alta, deliraba, y Liuba estaba aterrada, asustada por sus desvaríos. Pero aquello pasó, y aparentemente se recuperó. Sin embargo, desde entonces una neumonía crónica lo visita periódicamente y sigue atormentándolo despiadadamente hasta hoy.

Luego, a Liuba y a él les concedieron una plaza en un sanatorio en Crimea, junto al mar. Liuba lucía vestidos de crepé coloridos, reía alegremente, y le preguntaba por qué estaba tan serio, mientras él poco a poco volvía a ser el de antes. Al menos por fuera. Hacía todo lo posible por tranquilizarse, paseaba entre los cipreses y las columnas blancas de aquel antiguo palacio señorial que ahora pertenecía a los servidores del pueblo, para que pudieran descansar después de su extenuante sacrificio. Pero en aquel sanatorio, junto a aquel mar azul deslumbrante que, por alguna razón, habían bautizado como Negro, apareció una mujer llamada Marieta con la que Liuba trabó amistad.

—¿Y ese nombre tan curioso? —preguntó Iván, a quien habían adiestrado para reaccionar ante nombres inusuales. Porque siempre podía tratarse de agentes secretos extranjeros, claro.

—Soy armenia —respondió orgullosa Marieta.

Así pues, no se trataba de ningún agente secreto, sino de una ciudadana de nuestro pueblo hermano, del País de los Sóviets.

—Les presento a mi esposo, el coronel Grygor Guibarián. —Iván estrechó la mano a un hombre de ojos negros y penetrantes, que parecían verlo absolutamente todo.

—¿Son ustedes de Armenia? —preguntó Iván.

—No, son de Kyiv —respondió Liuba, encantada de poder trabar amistad con una mujer con la que podría seguir en contacto cuando volviera a casa. Además, resultó que los Guibarián vivían en el edificio gris de la calle Tolstói. Iván, pese a todas sus restricciones internas, recordó de inmediato que aquel era el mismo edificio al que había ido con Masha a visitar a Walter y Elsa en el año 42.

* * *

Guibarián… Guibarián… Qué apellido tan extrañamente familiar… Valeri levantó la vista de la biografía de su padre, cuyas páginas había devorado sin parar. ¡Dios mío! ¿Cómo pudo olvidarlo? ¡Era precisamente el apellido de la familia de Lilka! Para nosotros siempre habían sido el padre de Lilka y la *maman* de Lilka. Por eso el apellido había desaparecido de nuestra memoria. Pero sí, aquel era su apellido. Y también era aquel mismo edificio gris de la calle Tolstói que Valeri recordaba tan bien, aunque hacía siglos que no pensaba en él. Pero aquellas personas de las que hablaba su padre no podían ser los padres de Lilka. Quizás fueran sus abuelos. Y probablemente su padre nunca llegó a conocer el apellido de la amiga de Pavló. Pero ahora Valeri sí lo sabía. En la Ciudad de los Edificios Grises, los conocidos en común siempre emergen inesperadamente de las aguas estancadas de la vida. Porque los recuerdos de su padre no tenían nada de ficticio. Los nombres y las fechas que apuntaba eran reales. Aquella mujer huesuda del jardín junto a Zoloti Vorota le había pedido una autobiografía documental. Su padre había muerto. Valeri estuvo junto a su ataúd abierto. Y eso significaba que su padre había escrito en aquellas páginas todo lo que se le había exigido. De lo contrario, nunca lo habrían liberado.

Y en ese mismo instante, en un apartamento de Kyiv, alguien que tampoco dormía hablaba también del pasado.

—¿Por qué te empecinas en no contactar con él? —preguntó Mijás.

—Yo qué sé —respondió Lilia—, creo que no estoy preparada para revelarle mi nombre actual. —Lilia estaba registrada en Facebook como Lilit Sarkisián, su nombre real y el apellido de su madre.

—Me pediste que no le dijera que te había encontrado.

—Y no se lo dijiste, ¿verdad?

—Claro que no. Pero tampoco me preguntó nada. En realidad, casi no tengo contacto con él. Apenas cuatro «me gusta» mutuos.

—¿Y tú quieres que le escriba yo?

—A mí me da igual, la verdad. Es tu pasado, Lilit.

—Es nuestro pasado común, Mike.

—Pero entonces estabas con él y no conmigo. Y todo aquel horror que cayó sobre ti fue por su culpa.

—Dijiste que cuando estuviste en su casa Pavló tenía novia.

—Sí, se llamaba Krasymyra, o Myra. No me acuerdo si era búlgara o macedonia. Creo que les iba bien. Y Pavló no parecía para nada obsesionado con el pasado. Fue cuando nos despedimos que me pidió que te buscara y te entregara un librito de poemas de Geoffrey Hill.

—Sí, el mismo que nuestro querido Gab nos propuso buscar y que entonces no supimos encontrar.

—No es que no lo encontráramos, es que él nos pidió que lo fuéramos a buscar a la biblioteca de la orilla izquierda, y justo entonces... se interrumpieron nuestras clases. Por cierto, tiempo después yo sí fui a esa biblioteca y copié *Tenebrae* a mano.

—*Tenebrae* significa tinieblas, ¿verdad?

—Eso pensaba yo... Entonces miraba esos versos y no entendía nada de nada. Incluso llegué a plantearme con qué propósito nos había asignado Gab un poema tan enrevesado. Y, a la vez, recuerdo el placer de leer aquel *lily-fire*...

This is the ash-pit of the lily-fire,
this is the questioning at the long tables,
this is true marriage of the self-in-self,
this is a raging solitude of desire,
this is the chorus of obscene consent,
this is a single voice of purest praise.

—¡Sabía perfectamente lo que hacía!

—¡Seguro que sí! *Tenebrae* funcionó muchos años después. Para cuando Pavló me entregó aquel librito, yo ya lo había leído. No sé si tú hiciste lo mismo.

—Pero es gracias a ese libro que tú y yo estamos ahora aquí, juntos.

—En el mismo piso que vio nacer y crecer a Pavló.

—Y del que nunca se van a desprender, por mucho que lleven ya media vida al otro lado del océano.

—Sabes que ahora mismo está en Varsovia, ¿verdad?

—Sí, me lo ha chivado nuestro omnipresente Facebook. Pero eso no significa que tenga pensado venir. Y, aunque fuera así, se quedaría con vosotros, en la calle Chapáyev.

Muy pronto Valeri Ivak tendrá la idea de visitar la Ciudad de los Edificios Grises, pero por ahora aún no ha terminado de leer *El último deseo.*

* * *

Grygor y Marieta resultaron ser gente muy culta. Varias veces se quedaron hasta tarde, sentados con los Ivak en la terraza frente al mar. Grygor decía que aquel mar seguiría rugiendo cuando ellos ya no existieran, de la misma manera que rugía antes de que el mundo los viera nacer. Y, en sus labios, esa frase, que no dejaba de ser superficial, sonaba como una gran revelación que ensanchaba los límites de la existencia de Iván y Liuba. A Grygor Guibarián le gustaba filosofar y recitar poesía tanto como a Walter Falke. A veces Marieta interrumpía a su marido para corregirlo, diciendo que había recordado mal un poema, y a veces hablaban entre ellos en armenio y entonces Iván y Liuba no entendían nada. Lo mismo pasaba cuando Walter y Elsa hablaban en alemán. Es posible que María entendiera algo, pero Iván seguro que no.

Y cuando Iván y Liuba regresaban a su habitación y se acostaban, él se moría de ganas de contarle a su esposa lo de aquellas veladas en la esquina de Tolstói y Volodymyrska de la Kyiv ocupada, pero se mordía la lengua. En una ocasión llegó a hacerse sangre. Y Liuba le limpió con un pañuelo el hilo rojo de sangre que se le deslizaba cálidamente por la barbilla.

Acabadas las vacaciones, Iván y Liuba regresaron a la residencia, y poco después les ofrecieron una habitación en un edificio acabado de construir. Liuba se sintió engañada: les habían prometido un apartamento para ellos solos. Y ahora tenían que darse prisa en responder si aceptaban la habitación o se quedaban en la residencia. Al final, decidieron no renunciar a la vivienda y se trasladaron a una habitación de catorce metros cuadrados en un piso compartido de tres habitaciones, en un gran edificio gris situado en una elegante calle de Kyiv, donde todas las demás casas habían sido construidas antes de la Revolución. Durante un tiempo, las condiciones en las que vivían fueron incluso peores que en la residencia. Allí, en un larguísimo pasillo de habitaciones, había varias cocinas y un baño. Aquí, en cambio, para tres familias había una cocina, y un baño amplio y un aseo. La habitación de dieciocho metros cuadrados al lado de la cocina estaba ocupada por un matrimonio mayor. Al poco tiempo, Irina Vasílivna enviudó y se quedó sola. Y la habitación de veinte metros con balcón la ocupaba el teniente Kulévych, que era peor que todas las incomodidades de la residencia juntas.

Kulévych también trabajaba en los órganos del Estado. Y se relajaba tanto después de las duras jornadas de trabajo que a veces confundía dónde estaban la cocina, el baño o el aseo. Era un milagro si al lado del inodoro Kulévych solo hacía sus necesidades menores. Además, Kulévych recibía visitas con frecuencia, y las atendía en la cocina compartida, que se llenaba de ruido y de humo y que se convertía en un auténtico infierno. A veces se encerraba en el baño con alguna de sus conocidas que, supuestamente, solo venían a tomar una taza de té. Pero los Ivak necesitaban bañar a su hijo pequeño. O lavar la ropa. O, simplemente, ducharse.

A Iván lo trasladaron al archivo, donde trabajaba desde la mañana hasta la tarde y disponía de cierto tiempo libre. Pero en lugar de alegrarse por no tener más turnos de noche, lo invadía el terror e intentaba resolver el enigma de por qué lo habían apartado de su puesto. ¿Acaso lo había hecho tan mal? Ya no tenía que salir de guardia por las noches, pero había perdido el sueño. Y eso que había aprendido a dormir de día y estar despierto de noche. El insomnio persistente era la vía directa al reino de la locura. Y a los caballeros locos del frente invisible nadie los trataba. Para ellos solo existía la sala Menos Treinta y Uno. ¿Y cómo no iba a enloquecer Iván, si empezaba a irradiar el mismo tipo de vibraciones de terror pegajoso que aquellos a los que conducían escoltados por los sótanos?

Iván deseaba que lo apresaran cuanto antes, que lo juzgaran, que dictaran sentencia y lo enviaran a la habitación del sótano. Estaba dispuesto a confesarlo todo, pero ¿exactamente qué? Sí, era verdad, él había envenenado la leche del parvulario. Echó el veneno cuando el camión cisterna estaba aparcado junto al edificio, por donde pasaban los niños con sandalias y sombreritos. Y los pequeños fueron muriendo uno después de otro.

¿Y quién le dio el veneno? No tenía respuesta para esa pregunta, así que lo molerían a golpes y le arrancarían las uñas. No lo ahorcarían hasta que lo contara todo. Porque el País de los Sóviets no solo debía ejecutar al enemigo, sino también neutralizar a todos los enemigos a los que él pudiera delatar. Y entonces, ¿qué hacemos?

Tras varios meses de dudas, se atrevió a pedir cita con el doctor Máyovych. La concertó, pero no se presentó por miedo a que el doctor le dijera que no era un verdadero soldado, que siempre había temido mirar a los enemigos a los ojos. Que, en la guerra, nuestros hermanos mayores escupían a la cara de los invasores fascistas mientras eran torturados, y cantaban «¡Con paso firme, camaradas, en la lucha nuestro espíritu se fortalecerá!», y que él, en cambio, era un cobarde, no un guerrero, ¡y que cómo era posible que lo hubiesen colocado en los órganos del Estado! Lo enviarían a una fábrica y le quitarían su habitación de catorce metros en el edificio gris.

Volvió a pedir cita con Máyovych y esta vez tampoco acudió. Hasta que el propio doctor fue a su encuentro al archivo y le preguntó qué era lo que le pasaba.

—¿No puedes explicarlo? Entonces ve a nuestra clínica y pide hora con Magdalena Dmítrivna. Dile que te torciste el tobillo. En teoría, es traumatóloga, pero si le dices que vas de mi parte te escuchará. Y estoy seguro de que sabrá aconsejarte.

Magdalena Dmítrivna no le preguntó qué era lo que le pasaba. Probablemente, los síntomas que presentaba eran algo común entre ciertos caballeros del frente invisible.

—Necesita hablar de lo que le pasa. Sí, ya sé que hay cosas que uno no puede revelar. Por eso, tiene que buscar la forma de contarlo. ¿Ha leído las fábulas de Krylov? En la escuela, ¿verdad? En ellas, los protagonistas son monos y perros en lugar de hombres y mujeres. Usted también tiene que encontrar a ese mono, o a ese perro que hable por usted. ¿Es posible que le pasara algo parecido durante su infancia? ¿O fue distinto? No, estoy segura de que en la infancia le pasó exactamente lo mismo. ¡Entonces hable de su infancia! Y escríbalo.

—¡Pero si yo nunca he escrito nada! ¡Incluso escribir una carta me cuesta horrores!

—No tiene por qué escribir sobre su infancia. Puede bailarla.

—¿Bailar mi infancia?

—¡Claro! Y no solo la infancia. Puede bailar cualquier cosa que le atormente. O cantarla…

—¿Cantarla? ¿Y cómo se canta algo así?

—O dibujarla. Haga lo que le resulte más sencillo. ¡Pero exprésese! ¡Tiene que encontrar la forma de expresarse!

—¿Y a quién se lo enseño? ¿A usted?

—No tiene por qué. Aunque, si quiere, claro que puede traerme un cuento, un poema o un dibujo, lo que sea, y lo leeré con gusto. Además, en su organización hay unos excelentes colectivos de actividades culturales, donde bailan, dibujan, e incluso tienen un taller literario.

Iván Ivak recordó los conciertos de *amateurs* en los días señalados del País de los Sóviets, y sintió náuseas. Lo que había visto en el escenario de la Casa de Cultura ya cerrada no parecía estar hecho para aliviar el alma. Canciones sobre guerras y revoluciones, en las que la Patria Soviética salía victoriosa una y otra vez, no parecían destinadas a quienes habían perdido la capacidad de marchar al unísono hacia nuevos triunfos. Pero había ocasiones en las que, al final de los conciertos, sonaban canciones de amor que de pronto le emocionaban. Alguien debía de haber escrito la letra y la música de aquellas canciones, ¿no?

Está bien, al menos lo intentaría. Llevaba ya un día entero dándole vueltas a lo que le había dicho Magdalena Dmítrivna. Y aunque su vecino, el teniente Kulévych, y sus invitados habían estado en la cocina berreando «¡Brindemos por la Patria, brindemos por Stalin, brindemos y volvamos a llenar nuestras copas!» hasta las tantas, Iván Ivak, por primera vez en muchas noches, durmió plácidamente y por la mañana fue a trabajar animado, deseándole en silencio una buena salud a Magdalena Dmítrivna.

Recordó a Komuna Illivna, su maestra de dibujo, que había elegido una de sus pinturas para colgarla en la exposición del pasillo de la escuela. En ella podían verse soldados del Ejército Rojo marchando con los fusiles al hombro. Pero cuando pintaba para él, Iván y su compañero de clase dibujaban horcas de las que colgaban a los enemigos. Bueno, la verdad es que no eran exactamente enemigos, sino las profesoras que los suspendían. Las dibujaban con lápiz en las últimas hojas de los cuadernos. La señorita que descubrió aquellos dibujos los regañó con tal saña que aún sentía miedo al recordarlo. Los amenazó con que serían llevados «donde corresponde». ¿Y qué sabría esa profesora de dónde les «correspondía»? ¿O es que ya intuía que su alumno acabaría ahorcando de verdad a los enemigos del País de los Sóviets por sentencia judicial?

No, él no dibujaría. Escribiría. Y trataría de hacerlo de modo que nadie pudiera entenderlo. Empezó a pensar en ello seriamente, y eso solo ya le servía de alivio. Cierto que aún no había conseguido escribir nada, pero no abandonaba la intención. Le fascinaba la idea de dar con un argumento alegórico que le permitiera contar todo lo que le robaba el sueño.

Pero ¿sobre qué podía escribir y a la vez hablar de sí mismo? ¿Qué podía recordar que revelara su crisis actual en una forma alegórica y que solo él pudiera entender? Recordaba perfectamente las confusas historias de la abuela Yavdoja, pero no las comprendía y se veía incapaz de volverlas a contar. Durante la guerra habían sucedido muchas cosas, pero ¿qué se podía contar de aquella época? Nada, absolutamente nada. Era un territorio prohibido en el que no le estaba permitido entrar.

Y fue entonces cuando, de pronto, emergió un recuerdo de su infancia. Fue delante de la puerta de su casa, en el arrabal. Un cachorro atacado por un enorme perro gimoteaba de dolor, pero aún seguía con vida. El animal lloraba de manera tan lastimera, estaba tan maltrecho, tan ensangrentado, con tres patas ya en el otro mundo y solo una en este, que decidió acabar con su sufrimiento.

—Deja que se muera solo —le decían los padres.

Al final, decidió rematarlo de un ladrillazo. Después lo envolvió en un trapo y lo enterró en un descampado. Le regañaron por haber utilizado el trapo, que todavía podía servir para limpiar en casa. Aun así, sintió un enorme alivio cuando el cachorro murió. Y, sorprendentemente, sentía algo parecido cuando los condenados quedaban inertes colgando de la horca. Incluso el cachorro le había despertado más compasión: tenía unos ojos oscuros y desgarradores, algo que no podía ver en aquellos a quienes ejecutaba con la capucha y la soga. Magdalena Dmítrivna llevaba razón: en la infancia, uno siempre puede encontrar alguna historia que conecta con la vida adulta.

Durante un mes, cada vez que encontraba un momento libre en el archivo aprovechaba para escribir su relato titulado *El cachorro.* Una vez terminado, Iván Ivak lo pasó a limpio en un cuaderno forrado en hule. Y luego, ¿qué? Sabía perfectamente lo que tenía que hacer luego. Existía un círculo literario privado, llamado Un Futuro Luminoso, dirigido por el ya mencionado escritor Vasyl Pravda. Ivak averiguó cuándo se reunían los miembros de Un Futuro Luminoso y se dirigió allí.

En la primera sesión se limitó a escuchar. Lo que oyó le pareció peor que su *Cachorro.* Así que la vez siguiente se atrevió a leer su relato ante una veintena de asistentes. Los miembros del taller le reprocharon su falta de humanismo y de fe en el futuro luminoso. Su protagonista debía haber salvado al cachorro, por muy débil que estuviera. De aquella cría herida por aldeanos ignorantes debía haber crecido un gran y hermoso perro guardián que custodiara los bienes soviéticos.

Aquella discusión podría haberlo apartado para siempre de la literatura, de no ser por el director del taller, Vasyl Pravda. El escritor elogió el estilo en algunos fragmentos del relato y la fidelidad con la que retrataba la vida cotidiana y las costumbres de algunos insensatos ciudadanos de la Unión Soviética. «No debemos cerrar los ojos —subrayó Pravda—. Aún existen, y no son pocos». Pero un escritor soviético no podía limitarse a retratar la insensatez; estaba obligado a mostrar también a ciudadanos concienzudos que trabajaran para que el futuro luminoso estuviera cada vez más cerca. Vasyl Pravda expresó su confianza en que muy pronto el nuevo integrante, ya miembro de Un Futuro Luminoso, presentaría una obra de este tipo.

Tras la sesión, Vasyl Pravda se acercó a Iván y lo animó a seguir escribiendo, asegurándole que tenía un innegable talento literario y una habilidad innata para reproducir la realidad.

—Yo mismo vengo de los arrabales —confesó con franqueza a su joven colega—. Gracias a su *Cachorro* he recordado cosas que hubiera preferido olvidar... Pero tenga en cuenta las observaciones de sus compañeros. Y, sobre todo, lea mucho. —Y le regaló un volumen con obras de los miembros del círculo con prólogo suyo. También le aconsejó que si pensaba dedicarse al relato breve releyera las novelas cortas de Arjip Teslenko y Vasyl Stefányk, que hablaban de la dureza de las condiciones de vida de los trabajadores antes de la Gran Revolución de Octubre.

Iván Ivak comprendió lo difícil que era ser escritor en el País de los Sóviets, lo complicado que resultaba escribir algo que, aunque fuera solo un poco, aliviara el alma y, al mismo tiempo, cumpliera con los innumerables requisitos para ser escritor del País de los Sóviets, y no convertirse en un burgués traidor que, en cualquier momento, podía acabar en la sala Menos Treinta y Uno. Además, él quería escribir, aunque solo fuera porque el duro esfuerzo de buscar palabras y frases le curaba de otros males. Después de esa búsqueda, al menos conseguía dormirse.

Hoy, cuando intento reconstruir mi estado creativo de entonces, me doy cuenta de que, sin saberlo, era como si tratara de resolver un difícil problema lógico: encajar mi malestar interior dentro de los rígidos marcos de lo permitido. También eso me producía incomodidad, pero mis tormentos creativos —tan pobres y sin alas— me curaban del tormento del miedo frío y mortal, al que poco a poco iban alejando.

A veces, se quedaba hasta las tantas en su puesto de trabajo. Sobre todo, los días en que sabía que el tarambana de Kulévych estaría en casa y no le dejaría descansar. Entonces no pensaba en Liuba. O, mejor dicho, sí que pensaba en ella, pero no se sentía tan culpable. Al fin y al cabo, él tenía un buen sueldo y Liuba podía quedarse en casa con el niño sin necesidad de trabajar. Porque, en aquella época, la mayoría de las jóvenes madres del País de los Sóviets tenían que trabajar y aprovechaban la pausa del almuerzo para correr a ver a sus hijos pequeños, a los que dejaban con el primero que se prestaba. Aunque, por supuesto, para Liuba tampoco era nada fácil convivir con un vecino como aquel. A veces incluso se apartaba de su marido por la noche. Y entonces él empezaba a gritar: «¡Trabajas como un perro día y noche! ¡Llevas a casa todo lo necesario! ¿Y, encima, tu mujer no quiere saber nada de ti?». El pequeño Valerik, a quien acababan de dormir, se despertaba y arrancaba a llorar. Y en el pasillo, el insoportable Kulévych se dedicaba a dar golpes en la puerta.

Finalmente, su relato *Historia del arrabal* fue publicado en el último número de Un Futuro Luminoso. Trajo a casa no solo el grueso libro con la página marcada al principio de su relato, sino también su primer sueldo como escritor, que no era nada desdeñable. Le dio el dinero a Liuba para que comprara lo que quisiera mientras él se quedaba con el niño.

Fue una noche inolvidable. Acostaron al pequeño, cerraron la puerta de la habitación y se sentaron en la cocina. Kulévych estaba en casa, pero esa noche no estaba de juerga, se había emborrachado y se fue a dormir la mona. A medianoche, sonó el timbre de su puerta. Era un timbre individual, que conectaba directamente con la habitación del teniente, pero aun así Iván y Liuba lo oyeron y se despertaron. Kulévych tardó en abrir. Siguieron llamando con insistencia hasta que finalmente se levantó y se dignó abrir la puerta. Liuba, asustada, se arrimó con fuerza a su marido cuando en el pasillo se oyó el resonar de unas botas pesadas.

Se llevaron a Kulévych. Desapareció para siempre; nunca más volvieron a saber de él. Su habitación quedó precintada. Luego, por consejo de su otra vecina, Irina Vasílivna, que temía que se la adjudicaran a otro elemento como Kulévych, empezaron las gestiones para quedarse con ella, y lo lograron.

Y fue precisamente entonces cuando Iván Ivak escribió su relato *El verdugo,* que lo introdujo de verdad en el universo literario del País de los Sóviets.

Hasta aquel momento había escrito media docena de relatos. Trabajaba en una novela corta titulada *Mi juventud en el Komsomol,* en la que intentaba retratar con la mayor veracidad posible el entusiasmo de un joven soviético que, después de siete años en la escuela del arrabal, se hacía miembro del entrañable colectivo de exploradores, donde reinaban la confraternidad y el amor al prójimo auténticos. Se esforzaba tanto como podía por evitar los clásicos clichés de la literatura soviética, que circulaban de obra en obra, ya fuera de escritores principiantes como de fama reconocida. Y, de pronto, lo atravesó la idea de que esos clichés errantes podían ser, en sí mismos, un método creativo que le permitiera decir más de lo que estaba permitido.

Todavía recuerdo con claridad mi entusiasmo al escribir *El verdugo.* Y recuerdo con la misma claridad el miedo que sentí al terminarlo. Era el miedo a que me descubrieran, a que entendieran que me estaba burlando de ellos, que había escrito mi relato con el lenguaje oficial del País de los Sóviets, pero para parodiarlo, para ridiculizarlo. Pero aquel fue mi último gran miedo. Algún consejero interior, uno al que deseaba, pero que no podía ni imaginar, alguien con quien me moría de ganas de conversar pero que por entonces rara vez se dejaba sentir y que, en realidad, fue quien me había inspirado la idea de *El verdugo,* pues bien, aquel consejero interior mío me tranquilizaba: no van a entender nada de nada. Y si alguien entiende algo, no podrá acusarte sin incriminarse a sí mismo. No temas. Tú eres ya un clásico del País de los Sóviets.

Y así es como apareció el relato *El verdugo,* de Iván Ivak. La historia de un caballero del frente invisible que tiene el deber de ejecutar al enemigo. Pero no es una tarea fácil. Porque, a pesar de que los ciudadanos del País de los Sóviets deben mostrarse implacables con los enemigos, son, al mismo tiempo, las personas más humanas del mundo, y están destinadas a salvar, no a matar. Porque incluso si se encuentran un cachorro malherido, lo llevarán al veterinario y lo cuidarán día y noche, hasta que se convierta en un perro enorme, un fiel guardián de los bienes soviéticos. Y salvarán a una persona hasta que haya exhalado su último aliento. Y a quien se haya desviado del camino lo reeducarán, para que comprenda y enmiende sus errores ante el País de los Sóviets.

Pero ¿qué hacer con quien envenenó la leche del parvulario? No, mejor dicho, ¿qué hacer con quien aceptó las órdenes de unos malditos mercenarios burgueses y envenenó la leche del parvulario? Para que en el País de los Sóviets no crecieran niños con sandalias y sombreritos, para que no se convirtieran primero en «octubristas», y después en «pioneros», en miembros del *Komsomol,* y así sucesivamente. En definitiva, ¡para que no se convirtieran en auténticos constructores del comunismo! Y ahí está él, frente al tribunal del País de los Sóviets, sin una gota de arrepentimiento, riéndose de quienes ahora lo juzgan con severidad. Y les espeta: «Ustedes no podrán matarme como yo maté a sus pequeños. Porque ustedes son humanistas, ustedes no saben lo que es matar. Yo soy verdugo, pero ejecuto al verdugo de mi pueblo. Ejecuto a quien ha ejecutado al futuro de mi patria, el País de los Sóviets. Y mi mano no temblará cuando ponga la soga en el cuello del verdugo».

Era algo más o menos así. Iván Ivak leyó *El verdugo* en una sesión del círculo Un Futuro Luminoso. Sus miembros aplaudieron aquel patetismo. Vasyl Pravda dijo que recomendaría su publicación en la revista *La Patria.*

Y tras su publicación en *La Patria,* ya podía pensarse en un libro que incluyera tanto la novela corta como algunos relatos.

Iván Ivak estaba orgulloso de *El verdugo.* «Conseguí engañarlos, lo conseguí», se regocijaba en su interior. «Ya te lo dije», le susurraba su consejero interior.

Iván decidió mostrar su obra a Magdalena Dmítrivna. ¡Ella sí que lo entendería!

—No está. Y mañana tampoco la encontrará —le dijeron en el mostrador de la policlínica.

—¿Y pueden decirme dónde trabaja ahora? Por favor —insistió ante la mujer de bata blanca al otro lado del cristal.

Al no obtener respuesta, y sin saber exactamente por qué, se dirigió a la mujer de la limpieza y le preguntó por la traumatóloga Magdalena Dmítrivna.

—Se la llevaron. Hace más de un año —respondió la limpiadora, arrastrando la fregona y sin dirigirle la mirada.

¡Así que era eso! Salió de la policlínica en dirección equivocada. Le pesaba que aquella mujer hubiese desaparecido, pero aún más el no tener con quién compartir la noticia de la desaparición de aquella mujer que tanto lo había ayudado.

Iván guardó un largo y silencioso duelo por Magdalena Dmítrivna. Se esforzaba por recordar el rostro de una mujer a la que solo había visto una vez. ¿Era alta? Estaba sentada tras el escritorio. Era, como suele decirse, «de las de antes»: en sus modales y su porte no traslucía un origen obrero ni campesino. Llevaba un peinado alto, unos pendientes preciosos que llamaban mucho la atención, tenía los ojos claros, y un cabello ya canoso, pero todavía abundante y hermoso. Iván no dejaba de mirarla a la cara mientras hablaba con ella. Quedaba la esperanza de que no la hubieran condenado a la pena capital, sino enviado a un campo del que algún día regresaría. Me gustaría creer que así fue. Pero lo cierto es que Iván nunca volvió a saber nada de aquella mujer.

Unos años después moriría Irina Vasílivna, la vecina del apartamento comunitario.

—Trabajaba como mujer de la limpieza —diría el día de su muerte Liuba, que había estado cuidando a la enferma. Y solo más tarde, cuando ya era Liuba la que se estaba muriendo, Iván Ivak comprendería lo que significaba aquello. Para entonces ya estaría completamente desmovilizado de los órganos, pero se habría convertido en miembro de la Unión de Escritores, desde donde tramitaría la solicitud para ocupar la habitación de Irina Vasílivna. Con mayor razón, pues cuando

Irina Vasílivna cayó enferma y quedó postrada en la cama, él y Liuba se apresuraron a concebir a su hija Ira, conscientes de que, según las normas del País de los Sóviets, debían ser más de tres para tener derecho a una tercera habitación. Ira tuvo el don de la oportunidad, y nació justo en el momento en el que la vecina dejaba libre su cuarto.

* * *

Mi padre desconocía cuán profunda era mi relación personal con Irina Vasílivna, pensó Valeri. Unas páginas atrás, había escrito con toda la razón del mundo que, para muchos, una abuela puede significar más que los propios padres. Y ella fue como una abuela para mí. Claro que no puedo decir que mis padres no me quisieran. Mi madre siempre me cubría de besos; tanto, que durante mucho tiempo odié cualquier contacto físico. Irina Vasílivna nunca me apretujaba; a lo sumo, me tomaba de la mano para cruzar la calle. ¿Cómo es que quería tanto a aquella mujer de la limpieza? ¿Y cómo es que los niños quieren tanto a los adultos? Porque los adultos hablan con ellos como si también fueran adultos. Sí, ella me contaba cómo limpiaba del suelo los restos de lo que había sido una persona. Y aquello sí que era confianza absoluta.

—No irás a defraudar a Irina Vasílivna, ¿verdad, Valeri? —me preguntó una vez.

En aquellos tiempos, en el País de los Sóviets, aún bajo el flagelo de Stalin, una mujer encargada de limpiar las celdas de los condenados a muerte… —no, perdón, ni siquiera eran aquellas celdas, sino unas dependencias aún más terribles—, ¿una mujer así confiaba en un crío como yo, cuando la gente no confiaba ni en su propia sombra? Nunca me dijo si aquellos hombres y mujeres de los que limpiaba sus últimas huellas en vida eran buenos o malos. Limpiaba a fondo; tanto, que no quedaba ni rastro de ellos. Lo único que me decía es que así eran las cosas entonces. Y me hizo testigo de horrores que casi nadie conoce. Porque son cosas que no se cuentan. ¿Por qué? Porque nadie tiene por qué saberlo. Si ahora soy yo quien te lo cuenta a ti es porque sé que tú no defraudarás a Irina Vasílivna. Para que tú también sepas lo que no sabe nadie. Porque yo moriré, y entonces ya no quedará quien lo sepa. Mi marido, el abuelo Denís, murió. Mi hija Lárochka también murió. ¿Que si la mataron los alemanes? No, no fueron los alemanes. Seguro que no. Irina Vasílivna empezaba a sollozar y Valeri no la interrumpía con preguntas, consciente de que algún día ella misma lo contaría todo. ¡Y yo no se lo contaré a nadie! ¡A nadie!

* * *

«Irina-cocina»: así es como llamaría el hermano mayor, Valerik, a su hermana, insinuando que, de no haber sido por la perspectiva de quedarse con la vivienda entera, nunca habría sido concebida. Valerik echaría de menos a aquella mujer de la limpieza que había sido su niñera, prácticamente su abuela, y diría que habría sido mejor que la abuela Irina siguiera con vida y que la que no existiera fuese Irina-cocina. Con el tiempo, y pese a la gran diferencia de edad, hermano y hermana acabarían queriéndose.

El relato de Iván Ivak, *El verdugo,* entró en los manuales escolares. Después, la ideología oficial del País de los Sóviets varió ligeramente, y los editores posteriores dejaron de incluirlo en los libros de lengua, aunque las obras de Ivak continuaron siendo estudiadas en la escuela soviética. Escribió otros textos, que se publicaron y se reeditaron, y por los que recibía unos generosos honorarios. Viajaban a Crimea en familia, aunque ya no podían acceder a aquel lujoso sanatorio de columnas blancas en el que, aún sin hijos, él y Liuba habían conocido a Marieta y Grygor Guibarián.

Los Ivak no llegaron a entablar una verdadera amistad con los Guibarián. Liuba se sintió ofendida al percibir que la esposa de un coronel no tenía ninguna gana de relacionarse con la esposa de un sargento. Ya bastante caso les habían prestado en aquel sanatorio de Crimea. A pesar de ello, una vez los invitaron a su espacioso apartamento de la calle Tolstói. Fue Liuba la que recibió la invitación. Valerik ya había nacido, y fue la primera vez que lo dejaron al cuidado de Irina Vasílivna. Ella misma se había ofrecido. Por aquel entonces, Kulévych aún rondaba por la casa.

Los Guibarián tenían un único hijo, que los saludó educadamente antes de retirarse a su cuarto. A la mesa se sentaron solo los cuatro adultos. La conversación, aun siendo correcta, no alcanzaba ni de lejos la intensidad de aquellas veladas en Crimea junto al mar. No pasaron de los lugares comunes, sin que nada de lo dicho despertara una sensación especial.

Después de una sabrosa comida, aquel muchacho de ojos oscuros salió como un relámpago al salón y le propuso a Iván una partida de ajedrez. Él había aprendido a jugar en la escuela del arrabal, e incluso había participado en algunos torneos. Pero la verdad es que no había llegado muy lejos.

—Soy malísimo —dijo algo avergonzado.

—¿Y usted cree que yo juego bien? —respondió el joven Guibarián. Iván había olvidado su nombre.

Así que se dirigió al cuarto del chico, donde efectivamente jugaron al ajedrez. Y aquel muchacho de ojos negros logró cautivarlo con su juego. En la pared de su habitación colgaba la imagen de un monje con una cuculla en la cabeza, y aquella estancia en el cuarto del hijo del coronel se quedó profundamente grabada en la memoria de Iván. Tanto que, sin querer, a menudo le venía a la cabeza, aunque no estuviera relacionada con ningún otro acontecimiento de su vida. Ni de su vida anterior, ni de la posterior.

* * *

—¡Pero sí que estaba relacionada con la vida de tu hijo y de tu nieto, papá! —susurró Valeri—. A mí también me propuso, a cuenta de nada, jugar una partida de ajedrez. Sí, creo que era unos diez años mayor que yo.

Valeri tenía ya más de treinta años cuando Pavló nació. Y el padre de Lilka era seguramente mayor que él. Valeri jamás olvidará la mirada penetrante del hijo del coronel, que pretendía sonsacarle tanto dinero como fuera posible por la deshonra de su hija. Decía que eran armenios, que para ellos eso era importante, que pertenecían a uno de esos pueblos que, a diferencia de otros, aún conservaban ciertos valores. Además, resultó que el hijo del coronel estaba al corriente de todos los proyectos en los que participaba Valeri Ivak, sabía dónde daba conferencias, en qué universidades, dónde publicaba sus artículos y cuáles eran los honorarios de aquellas revistas extranjeras. También conocía a todos los personajes con los que Valeri estaba enemistado. A Valeri le entró un escalofrío. Quien estaba frente a él, o era Dios, o era el diablo en persona. Tengo que huir, pensó Valeri, pero en los ojos negros de aquel hombre se podía leer: no escaparás de mí. ¿Cómo había podido Pavló meterlos en semejante historia? Ahora todo aquello adquiría una dimensión distinta gracias a los recuerdos del padre.

* * *

Fue en casa de los Guibarián cuando Liuba fue consciente por primera vez de los apartamentos tan amplios en los que podían vivir algunos habitantes de Kyiv, mientras la mayoría se hacinaba en los arrabales, las residencias y las viviendas comunitarias. Aquella casa le llegó al alma. Solo eran tres, y tenían unas habitaciones enormes con muebles antiguos y cuadros en las paredes.

—¿Qué hay que hacer para tener un apartamento así? —preguntó al regresar a casa. Lo hizo sin una pizca de envidia, pero con una cierta amargura. Iván ya conocía la casa de los Kalamatny, el apartamento del comandante de brigada donde vivía Walter Falke. Pero no podía compartir esos recuerdos con su esposa.

—De apartamentos como este también echan a la gente —respondió Iván tras un largo silencio, para luego añadir—. Lo que tenemos nosotros tampoco lo tiene cualquiera.

Cuando la familia Ivak se instaló en su apartamento de tres habitaciones en un edificio gris, empezaron a llegar traducciones de *El verdugo* desde el extranjero. Y con ellas, los honorarios de las editoriales internacionales, aunque no eran tan generosos como los de las ediciones y reediciones soviéticas, porque el País de los Sóviets se quedaba con gran parte de los importes que sus escritores recibían del extranjero. Pero había que interpretar aquel tributo como un gran honor.

Iván Ivak no sabía ninguna lengua extranjera. De los tiempos de la ocupación nazi, solo le habían quedado algunos recuerdos del alfabeto latino y de las reglas para leer aquellas interminables palabras alemanas que aprendió gracias a Elsa Karlivna. *Der Scharfrichter*, así es como se titulaba su relato en alemán, que le llegó desde la hermana RDA. En este caso, pudo consultar el diccionario alemán que aún conservaba desde los tiempos de la residencia y que ahora guardaba en la recia estantería con puertas de vidrio de su despacho. *Scharfrichter,* el extraño del chal, sonrió con ironía.

De las democracias populares del mundo eslavo nos llegaba el familiar *Kat* o el aún más reconocible *Palač.* Desde nuestra fraterna Rumania apareció *Călău.* Y desde nuestra amiga Hungría llegó una antología de narrativa soviética breve. El húngaro era una lengua imposible de descifrar. Pero Iván Ivak fue capaz de reconocer su nombre en la portada. Y entonces supo que el título de su relato en húngaro era *Hóhér.* Mira qué curioso, «góguer», repetía el autor sin tener ni idea de si pronunciaba bien esa palabra extranjera o no.

Pero los sentimientos más intensos, y a la vez contradictorios, hirvieron en el pecho de Iván Ivak cuando desde la lejana hermana Cuba llegó una revista con su relato titulado *El verdugo.* ¡Verdugo! ¡Qué palabra tan poderosa! Muchísimo más rotunda que nuestro simple *Kat.* ¡Qué suerte que mis obras se traduzcan a tantas lenguas!, se jactaba delante de sus colegas de la editorial, siempre pendiente de cómo reaccionaban. Seguía trabajando en la editorial, a pesar de que los honorarios del País de los Sóviets le habrían permitido dedicarse por completo a la escritura. Pero un hombre como él debía tener un trabajo estable, y aún más cuando no había necesidad de llegar a la redacción a las nueve en punto de la mañana. ¿Debía sentirse orgulloso o, por el contrario, indignarse cuando se enteró de que entre sus colegas lo llamaban «camarada Verdugo»? ¿Acaso tenían idea de a qué se dedicaba antes? Además, nunca les había hecho nada malo, eran ellos mismos los que se denunciaban unos a otros para conservar el puesto en la editorial, y evitar, ¡Dios me libre!, terminar en una escuela o en el periódico de una fábrica cualquiera.

—¿Y qué pasa, papá? ¿Cómo es que tu obra maestra aún no está traducida al inglés? —le preguntó Valeri. Su hijo había aprendido muchos idiomas gracias a los esfuerzos de su padre por matricularlo en una de las facultades más prestigiosas de Kyiv. En el País de los Sóviets no había centros privados, todo era para el pueblo. Pero había facultades en las que no se permitía el acceso a todo el pueblo, claro, solo a los hijos de sus más fieles servidores. E Iván tuvo la fortuna de poder matricular a su hijo en una de ellas.

—No, no lo han traducido —suspiró Iván.

—En inglés se titularía *A Hangman.* ¿Sabes que existen muchas formas de ejecutar a alguien, papá, pero en la mayoría de lenguas el ejecutor es «el que ahorca»? ¿Tú tienes idea de por qué? —preguntó Valeri Ivak.

—No, no tengo ni idea, hijo —respondió sombríamente Ivak padre.

—Pues si no lo sabes, préstame doscientos rublos hasta que me llegue la beca. ¡Te juro que te los devolveré! —El hijo le estaba pidiendo una cantidad varias veces superior al importe de la beca para estudiantes de la Unión Soviética.

Liuba nunca intervenía en aquellas conversaciones «de hombres», y evitaba ponerse de parte de ninguno de los dos.

¿Qué otros acontecimientos de mi vida se pueden considerar relevantes? Podría escribir un libro entero sobre lo que sucedía en los círculos de escritores de los que fui miembro a lo largo de los años. Allí pasó de todo. Pero es mejor que de eso hablen otros. Después de haber contado lo de la sala Menos Treinta y Uno, ¿vale la pena hablar también de las denuncias, de las discusiones a puerta cerrada o de los expedientes internos? A fin de cuentas, tampoco es que el escritor Iván Ivak estuviera en el epicentro de la vida literaria, por mucho que publicara.

Para empezar, Iván Ivak nunca había traspasado las fronteras de la Unión Soviética. Nunca se dignó presentarse a la sección de visados para tramitar su pasaporte internacional. Si lo hubiera hecho, seguro que se lo habrían concedido. Pero como decidió que no era una opción, nunca pudo participar en los viajes literarios al extranjero. Y precisamente aquel deseo incontrolable de formar parte de esas delegaciones se convirtió en una de las principales fuerzas motrices de las denuncias y acusaciones entre colegas. El yerno de Iván, marido de Írochka, contó que cuando en su instituto de investigación decidieron seleccionar a seis personas para trabajar medio año en Francia, se desencadenó un intenso fuego cruzado de denuncias de todos contra todos. Estoy seguro de que los escritores soviéticos habrían estado encantados de hacer con sus competidores por un viaje al extranjero lo mismo que Iván Ivak hacía con los condenados en la sala Menos Treinta y Uno. Así de increíblemente atractiva era la tentación de cruzar la frontera soviética, aunque solo fuera por cuatro días. Solo la vivienda desataba en la capital una guerra más feroz que aquella. Pero no fue la Unión de Escritores, sino otra organización —y ya sabéis a cuál me refiero— la que le ofreció a Iván Ivak el apartamento en aquel edificio gris del centro histórico de Kyiv. Y eso ayudó a Iván Ivak a abandonar sus aspiraciones de viajar al extranjero. Recordaba los versos de un poeta, un clásico soviético, que viajaba al extranjero con regularidad. Hablaban de un rapsoda ucraniano que caminaba por el malecón de Copacabana, en Río de Janeiro, y que, en lugar de admirar el paisaje, sufría una nostalgia insoportable por su querida Jreshchatyk, golpeado por una refinada y destilada hipocresía de pureza insuperable. Ni siquiera Iván Ivak era capaz de producir algo así. ¿O es que aquel clásico también se reía de los censores soviéticos, como había hecho

Ivak con su *El verdugo*? Es posible. Pero eso significaría que toda la literatura soviética ucraniana no era más que una inmensa burla de la realidad ucraniana.

Un día, ya por los años setenta, Iván recibió una llamada de otro clásico vivo de la literatura ucraniana. Este acababa de regresar de un viaje a Canadá, y le pidió a Iván que hiciera una visita a la Asociación de Relaciones con los Ucranianos en el Extranjero. Cuando llegó al edificio de la calle Zolotovoritska, lo primero que le preguntaron fue por qué no llevaba bolsa. Nadie le había dicho nada de ninguna bolsa, así que salió a la calle con un enorme paquete entre manos que apenas podía sostener con los brazos. Por suerte, su edificio gris no quedaba lejos, aunque no le quedó más remedio que coger un taxi. Dentro del paquete había ropa extranjera: pantalones y camisas vaqueras, suéteres, blusas. Su hijo era estudiante universitario, y la hija aún iba a la escuela. Y Liuba seguía siendo una mujer joven y hermosa. Incluso hoy en día un paquete como aquel sería motivo de alegría para cualquier familia. Aunque hoy solo representaría un ahorro para la familia, porque, si tienes dinero, ahora puedes comprar todas esas cosas sin problema. Pero, entonces, la familia Ivak recibió con aquel paquete cosas que en el País de los Sóviets no podías comprar ni con todo el dinero del mundo.

Iván Ivak no sabía qué hacer. Liuba acababa de contarle que en una de las asambleas del Partido que se celebraban en la biblioteca habían discutido sobre una empleada que había recibido un paquete del extranjero y que no había informado al colectivo. Intentaba ocultar sus conexiones con el mundo capitalista. No la despidieron, pero recibió una amonestación y, como se decía entonces, «le sacaron los colores». Estimados lectores, si es que alguna vez existe algún lector del libro de Iván Ivak: ahora les puede resultar cómico, pero entonces daba auténtico pavor. Ivak se armó de valor y llamó al clásico que le había enviado el paquete. Tartamudeando, le contó lo ocurrido en la asamblea de la biblioteca:

—¡Cómo puedes compararte con una estúpida bibliotecaria! ¡Tú, un miembro de la Unión de Escritores Soviéticos! —le espetó el clásico antes de colgarle el teléfono. Iván respiró aliviado.

Valeri olvidó que tenía por costumbre llamarme «viejo agente del KGB» y, de tan feliz como estaba gracias a aquel par de vaqueros americanos y a las dos camisas de la marca Lee, empezó a estrecharme la mano, a darme palmadas en la espalda y a decirme que era un tipo genial. Irina, en cambio, no paraba de llorar porque todos los vaqueros le quedaban enormes. Valeri vendió uno de los pantalones de pana de color marrón por una cantidad exorbitante, y se pasó un tiempo buscando unos vaqueros para su hermana que nunca encontró. Aun así, Irina recibió una generosa compensación, equivalente al precio de mercado de aquellos vaqueros, y se consoló con aquella cantidad de dinero inesperada, que gastó como quiso durante un año entero. Valeri le regaló el otro par de vaqueros de pana, de color azul, a Marina, su prometida.

A Liuba le quedaban de maravilla un suéter negro y una falda tejana que en seguida llamaron la atención de sus colegas de la biblioteca. Ese mismo año nos fuimos de vacaciones a Lituania y allí le compré un collar de ámbar que combinaba con el suéter. Tiempo después, engordó y ya no pudo ponerse ni la falda ni el suéter, aunque los conservó durante muchos años. Durante su enfermedad, Liuba adelgazó muchísimo. Pidió que la metieran en el ataúd con aquella falda y aquel suéter. Quería partir al otro mundo con la ropa con la que más feliz se había sentido.

En el paquete no había ninguna carta, ni siquiera una nota. En un congreso de escritores, Ivak se acercó al autor clásico y le preguntó por el paquete. Este le respondió que no recordaba nada, porque siempre se le acercaban muchos emigrantes, y que fue la asociación la encargada de organizar el envío de los paquetes para todos los escritores de la Ucrania soviética. Según entiendo, fue María Kalamatna, que para entonces ya sería Chymala, quien le envió aquel paquete. Aunque en ese momento a Iván le cruzó fugazmente por la mente la idea de que fuera Walter Falke —los caminos del Señor son inescrutables—, un alemán que bien podía haber acabado en Canadá.

No sé si recibir aquel paquete de Canadá fue un acontecimiento tan decisivo en la vida de los Ivak. Tal vez no. Pero no me cabe ninguna duda de que *El paquete de Canadá* (un relato que Iván Ivak nunca escribió, por mucho que lo deseara) constituye una pequeña pero significativa pincelada en el retrato de aquella época.

* * *

Es verdad, reconoció generosamente Valeri. Llevé aquellos vaqueros canadienses durante mucho tiempo, eran muy buenos. También usé las camisas durante años. Los pantalones de pana azul de Marina se gastaron antes, ¡pero le quedaban de fábula! Ahora es diferente, y los vaqueros ya no les quedan así de bien a las chicas. Pero entonces era el año 73. Nunca en la vida tuve una prenda mejor que aquellos vaqueros. Si algún día, en mi camino vital, llego a cruzarme con la señora Chymala, o como se llamara, si aún sigue con vida, le daré las gracias con toda mi alma por aquel regalo tan maravilloso y entonces tan oportuno. Ahora me arrepiento de haberla llamado mona.

Y mamá, efectivamente, acabó descansando en el ataúd con el suéter negro y la falda vaquera. Le pidió a Irina que se encargara de tender esas prendas mientras ella siguiera con vida. Las veces que venía a visitar a su madre enferma, Valeri se fijaba en aquella ropa que colgaba en el balcón. No llegaba a entender para qué las lavaban. ¿Acaso su madre enferma las usaba? En aquellos años lejanos que ahora rememora el padre, realmente le quedaban fantásticamente bien. Incluso Valeri se hinchaba como un pavo cuando sus compañeros le decían lo guapa que llegaba a ser su madre.

* * *

¿Qué otros acontecimientos vivió la familia Ivak durante los años sesenta, setenta y ochenta? Iván Ivak seguía enfermo. Siempre lo trataron bien. Sobre todo, porque aún tenía derecho a la policlínica de la policía secreta. Sin embargo, la enfermedad crónica de las vías respiratorias avanzaba lenta pero inexorablemente. Los achaques se volvían más frecuentes y eran de mayor gravedad. Los médicos que de vez en cuando lo examinaban, siempre taciturnos, solo le preguntaban por su salud y jamás entraban en conversaciones personales. En cambio, él se moría de ganas de preguntarles por Magdalena Dmítrivna, quien, en su momento, y según su propia opinión, le había salvado la vida. En general, los médicos de aquella policlínica seguían siendo los mismos, solo que un poco más viejos. Y seguramente lo recordaban todo. Pero habían aprendido a guardar silencio.

Una vez vio en el pasillo a un hombre mayor al que dos mujeres sostenían por los brazos. Probablemente había sufrido un derrame cerebral, pero conservaba la mirada lúcida. Iván reconoció al doctor Máyovych y corrió hacia él. Las mujeres, amablemente, pero sin darle opción, le pidieron que hiciera el favor de no importunar al enfermo.

Sin embargo, de vez en cuando, el pasado enviaba a Iván escuetos telegramas de alegría. En el trigésimo aniversario de la victoria sobre la Alemania nazi, llegó a Kyiv una delegación del Comité de Amistad URSS-RDA de la que formaba parte un tal Walter Falke. Él e Iván se encontraron en una recepción solemne en el consulado de la RDA, en la calle Velyka Pidvalna. Elsa les había contado que precisamente en ese edificio, antes de la guerra, ondeaba la bandera del Tercer Reich con la esvástica de la que tan orgullosa estaba antes de la invasión. Ahora, en esa misma mansión, colgaba la bandera de nuestra hermana RDA. Walter le dijo que Elsa enseñaba ruso en Dresde. Que se había casado a tiempo con un amigo suyo, porque, de lo contrario, según el acuerdo de Potsdam, la habrían deportado. Tenía una hija ya adulta, ¡que también se llamaba María! Iván respondió que hacía tiempo que había perdido el rastro de Masha. Pero, por lo visto, había tenido la suerte no solo de emigrar al otro lado del océano, sino también de que la vida le sonriera, pues le había hecho a su viejo amigo un lujoso regalo para toda la familia. Iván sacó entonces el tema del paquete. Se extendió en los detalles y fue particularmente inoportuno, sobre todo cuando le reprochó que a su hija Írochka todos los vaqueros le fueran enormes. Entonces Walter sacó una libreta, anotó la dirección de Iván y le dijo que en seguida le mandaría unos vaqueros a Írochka. Aunque no serían americanos, claro, sino alemanes, ¡pero de primerísima calidad! En la RDA fabricaban unos productos excelentes y no necesitaban nada de la hostil RFA. Walter cumplió su promesa, aunque tardó más de lo previsto. Ira ya estudiaba en la universidad, y se encontraba justo en aquella época en la que a las chicas les encanta arreglarse. Así que los vaqueros de la RDA llegaron en el momento más oportuno. Además, le quedaban de maravilla. Írochka los estrenó para el quinto aniversario de bodas de Valeri y Marina, que celebraron por todo lo alto y al que invitaron a toda la familia.

Después de casarse, Valeri y Marina se mudaron a un edificio gris en la carretera Brest-Lytovsk, cerca de la entrada occidental a la ciudad. Ambos tenían un objetivo muy concreto: enterrar a los padres de Marina, y solo después tener un primer hijo. Era una actitud muy poco común en aquella época, cuando la mayoría de los matrimonios se celebraban porque había un bebé en camino. Pero Valeri y Marina nos gritaban a Liuba y a mí que los dejáramos en paz, que primero querían disfrutar de la vida, y que ya tendrían un hijo cuando a ellos les diera la gana, no cuando lo quisiéramos nosotros. Organizaban unas fiestas frenéticas casi a diario; incluso cuando ya no tenían ganas de celebrar nada, ponían música de los Beatles a todo trapo.

* * *

¡Ay, papá! Para ti, todo lo que no fuera «Brindemos por la Patria» era «los Beatles». Pero también escuchábamos a los Rolling Stones, y a Queen. Y muchas cosas más. En cuanto a lo de enterrarlos, creo que exageras; pero sí, es cierto, los padres de mi suegra tenían una casa preciosa en el campo. Nuestro objetivo era divorciarla ficticiamente de mi suegro y que ella se empadronara con sus padres, porque, de lo contrario, según las absurdas leyes soviéticas, no habría heredado la casa. Y a su suegro, empadronarlo en casa de los padres de él. Aquí tienes un magnífico capítulo para el libro *Familia y totalitarismo.*

* * *

La consuegra llamaba a Iván suplicándole que metiera en cintura a su hijo o que se llevara a la joven pareja a su casa. Decía que ya no podía más con el maldito *Yesterday*. Iván reía y se lo tomaba todo a broma. Pero la consuegra no estaba para bromas, e Iván, sin quererlo, la compadecía, porque conocía el carácter de su hijo. Para colmo, los padres de Marina resultaron ser increíblemente longevos y se resistían a morir. Y Marina, terca como era, se negaba a quedarse embarazada mientras la casa no quedara libre. Así que Iván Ivak ayudó a sus consuegros a acondicionar aquella sólida casa de campo, donde desde la época del estancamiento estaba permitido instalar estufas. Finalmente, Valeri y Marina tuvieron a Pávlyk. ¡Después de diez años de casados! ¿Cómo se puede tardar tanto en tener el primer hijo? En cambio, Írochka y Mykola no perdieron el tiempo: su Mijás nació justo después de la boda. Mis hijos se llevan diez años de diferencia; en cambio, los suyos tienen exactamente la misma edad.

Las dos décadas que van desde mediados de los sesenta hasta mediados de los ochenta, cuando Liuba enfermó, fueron veinte años de celebraciones familiares continuas. A Liuba le encantaba su papel de anfitriona de un hogar tan acogedor. A veces venían los consuegros de Svyatóshyn. El consuegro era un hombre tremendamente quisquilloso. No comía nada de lo que cocinaba su esposa, pero devoraba como una fiera los platos de Liuba sin esperar a que le sirvieran, y se agenciaba la bandeja con ensalada *vinaigrette* para compartir. Cuando venían Valeri y Marina se llevaban las cazuelas enteras; Liuba les preparaba bolsas repletas de comida, como en su día hicieran Walter Falke y Elsa para Ivanko y María en los tiempos de la Kyiv ocupada. Porque Marina, como cualquier mujer moderna, se negaba por principios a cocinar, y Valeri apoyaba su falta de dotes domésticas intentando obtener los servicios del hogar bien de su madre, bien de su suegra. De vez en cuando, en aquella acogedora vivienda del edificio gris también recibían la visita del hermano Iliá y de toda su familia. Iván recordaba cómo, en una ocasión, Iliá le preguntó:

—¿No tendrás algún libro fácil de leer sobre la Gran Guerra Patria?

Era una pregunta extraña viniendo de Iliá. Él se había convertido en un excelente carpintero, algo que en principio le estaba reservado a Iván. Tenía unas manos de oro, como las de su padre. Pero a diferencia de Zajar, Iliá Ivak sí sabía hablar y conocía más de una veintena de palabras. Pero no leía libros ni tenía ninguno en casa. Aunque eso no evitaba que, de vez en cuando, soltase algunas frases que habrían quedado de perlas en cualquier libro. Eso sí, siempre que se tratara de un libro honesto.

—¿Para qué lo quieres? —preguntó Iván.

—Me han invitado a la escuela del pequeño. Quieren que les cuente cosas sobre la guerra, para educar a los más jóvenes.

—Pero si tú fuiste a la guerra de verdad, ¿para qué necesitas libros escritos por gente que no estuvo en ella?

—Yo estuve en la guerra de verdad, cierto. Pero si cuento lo que vi, dudo que los pioneros me lo agradezcan y les quede ánimo para lanzarme claveles. ¿Puedes dejarme uno, por favor?

—¡Pues di que no! ¿Para qué contar mentiras?

—Y tú, ¿para qué escribes mentiras? —preguntó Iliá.

—Yo no escribo mentiras; me limito a contar el desarrollo histórico de la realidad. Es cierto, a veces la verdad puede resultar algo tosca. A menudo inoportuna. ¡Pero es que no escribimos sobre lo que hacemos en el retrete! —A Iván se le escapó una cita de Vasyl Pravda.

—¿Y a estar agazapado en una trinchera con los meados encima? ¿A eso cómo lo llamas? —gritó de repente Iliá, con tanto ímpetu que la lámpara del techo empezó a temblar—. ¡Porque si sales a mear fuera, te acribillan! ¡Y no serán los alemanes, no! ¡Serán los de tu propio bando!

Iván capituló, y se fue al despacho a por algo fácil de leer sobre la guerra.

Galyna Ivak y Lesyk también visitaban el apartamento del edificio gris. Por extraño que parezca, la madre llevaba a su hijo a la escuela de música y lo había matriculado en un colegio con enseñanza intensiva de inglés, donde ella trabajaba como mujer de la limpieza. Convencía a las profesoras para que le pusieran buenas notas y así animar al chico, que ya de por sí era buen estudiante. Se preocupaba tanto como podía de su desarrollo cultural, y lo llevaba al teatro, aunque ella siempre se quedara dormida en las funciones de ópera o en los dramas ucranianos. Lesyk entró en la universidad en modalidad presencial y completó los estudios con éxito. En cambio, Iliá se quedó con sus siete cursos de primaria, y a Iván le costó Dios y ayuda acabar Filología Ucraniana en la modalidad a distancia cuando aún colaboraba en los órganos del Estado. La madre estaba muy orgullosa de su pequeño y no lo dejaba casarse, argumentando que se lo debía todo a ella, que lo había tenido en unas circunstancias durísimas y lo había criado ella sola, sin padre, muerto en la guerra.

No voy a relatar aquí todas las andanzas de la familia Ivak, ni las versiones verdaderas de las que fui testigo, ni las falsas, que se contaban para guardar las apariencias. No voy a extenderme en una trama que podría titular *Los hermanos Ivak,* por mucho que merezca un capítulo aparte. Diré solo que, poco a poco, todos los Ivak fueron saliendo uno por uno del barranco para establecerse en las colinas de la gran capital. La madre murió aún en tiempos de la Unión Soviética, el mismo año que Liuba. Iliá murió después de la caída de aquella. Le indignaba sobremanera que dejaran de honrar la Gran Guerra Patria como antes, y decía que, como buen veterano que era, estaba dispuesto a coger el fusil en cualquier momento para disparar contra el nuevo Gobierno. Lesyk sigue vivo, aunque aún soltero. Sus destinos no tienen demasiada importancia. Al menos, para este relato.

¿Y qué es lo que realmente importa para este relato? ¿De verdad que es solo la historia de un hombre que había sido un verdugo ejemplar para convertirse después en un escritor mediocre, autor del relato *El verdugo,* traducido a todos los idiomas del bloque socialista, a quien en la editorial llamaban «camarada Verdugo», y que amaba a su esposa, a su hijo, y con toda la ternura del mundo a su hija?... Pero es que Iván tenía una conocida misteriosa, un personaje crucial para una biografía como la suya. Y por eso no puedo ignorarla.

Cuando Írochka estudiaba primaria, a ella y a su padre les encantaba ir de paseo los fines de semana. Caminaban por la cuesta de Andrés, cuando todavía no existía aquel supermercado de recuerdos y en el castillo de Ricardo aún vivía gente normal y corriente. Subían a la colina de la antigua fortaleza de Kyiv, antes de que la avenida para los turistas cruzara los patios de la calle Velyka Zhytomyrska.

—¡Vamos a algún lugar donde no hayamos estado nunca! —gritaba alegre Írochka cuando salían del edificio gris para dar un paseo. Entonces tomaban el trolebús número 4 hasta Lukiánivka, y él le mostraba el barranco donde había nacido. En los años setenta aún había gente viviendo en el arrabal, aunque ya no quedaba ni un solo Ivak. El único conocido que vivía allí era el cojo Gosha, que, con independencia del régimen establecido, mendigaba en las escaleras del monasterio de Pokrovsk. Írochka no salía de su asombro: ¿cómo era posible vivir en un lugar como aquel? Iván se sentía orgulloso de que sus hijos ya no hubieran crecido en el arrabal. Después le mostraba a su hija una cerca que durante su infancia aún estaba entera y llena de misterio, sin una sola rendija desde donde asomarse para atisbar las viejas casas que se ocultaban detrás de aquella espesa verja de color verde.

Cerca de la dacha de Jruschov, en la calle Ovrutska, aún se mantenía en pie aquella mansión de una sola planta de cuya puerta colgaba la figura en piedra de la cabeza de una mujer adornada con una corona y un collar. Iván adoraba aquella figura desde su más tierna infancia. A Írochka también le encantaba. Iván recordaba cómo salía a dar un paseo desde el arrabal solo para contemplar aquella mansión. Durante muchos años, había sido la residencia de una conocida suya. El escritor Iván Ivak no sabría cómo definir la relación con esa mujer. Nunca fue su amante, eso seguro. Iván jamás habría traicionado a Liuba, por mucho que a veces admirara la belleza de otras mujeres. ¿Una amiga? ¿Una conocida? ¿Su musa? ¿Su amor platónico? Ninguna de aquellas palabras encajaba exactamente con lo que aquella mujer llamada Vira había significado para él. Cuando la pequeña Írochka la vio por primera vez en la plazoleta junto a la dacha de Jruschov, preguntó:

—¡Papá! ¿Es un tío o una tía?

Por aquel entonces, las «tías» rara vez llevaban pantalones. Liuba nunca se había puesto un traje con pantalones, aunque le gustaba vestir a la moda y tenía su propia costurera de confianza. Y aunque Vira no era alguien que siguiera ninguna moda, Iván no recordaba haberla visto jamás con falda. Tenía un cabello rubio abundante, demasiado corto para una mujer, pero demasiado largo para un hombre. Y también una voz demasiado grave para una mujer, y demasiado aguda para un hombre.

¿Cómo se conocieron Iván y Vira? Vira decía que se conocían desde siempre, pero él no lo recordaba. Por la plazoleta empezó a correr al encuentro de Iván un hermoso border collie de color rojizo. A Iván le pareció que en cualquier momento se abalanzaría sobre él, apoyando las patas delanteras sobre sus hombros. Se apartó instintivamente, y la dueña gritó:

—¡Walter, ten cuidado!

Iván se estremeció.

—¿Es «él»? —preguntó sorprendido a la dueña, pues todas las bellezas pelirrojas con las que había coincidido hasta entonces eran «ella» y tenían nombres de mujer.

—Es «él», sí, y tú… ¡tú eres Iván Ivak! —exclamó Vira.

Le dijo que lo había reconocido por la voz, aunque habían pasado… ¿puede ser que treinta y cinco años? Según decía, habían estudiado en la misma escuela. Iván la miró sorprendido: ¡no recordaba a ninguna compañera de clase como ella! Pero Vira comenzó a relacionar a compañeros y profesores con su nombre y su patronímico, se acordaba de Mijmij, de Komuna Íllivna, incluso de Malka Mordújivna. Dijo que habían coincidido muy poco tiempo en clase, apenas medio año; su padre estaba en Kyiv formándose como comandante, y vivía en casa de su tía, en aquella misma mansión de la que colgaba la cabeza de mujer y en la que ahora vivía ella. Después, vinieron a por su padre: corría el año 37. Y sí, por lo visto en la clase de Iván hubo una alumna llamada Vira, que en seguida se esfumó sin llegar a hacerse amiga de nadie.

—Lo arrestaron en esta misma casa —Vira señaló la mansión con la cabeza de mujer—, y yo terminé en un orfanato.

Iván evitaba el contacto con familiares de víctimas de la represión. Tenía el presentimiento de que algún día lo agarrarían fuerte por el cuello y le gritarían a la cara: «¡Maldito verdugo, arruinaste nuestras vidas!». Así que procuraba no relacionarse ni con los que habían sufrido, ni con los padres de quienes habían sufrido, ya fuera en el 37 o, después de la guerra, entre el 48 y el 49. Pero ellos, erre que erre, insistían en cruzarse en su camino una y otra vez. Y ahora era el turno de la tal Vira. Sin embargo, con Vira todo fue muy distinto. En su primer paseo por el parque conversaron como si fueran viejos conocidos:

—¡Ah, me ha pasado de todo! ¿Sabes que iba allí con mi padre y con mi madre? —Vira señaló la verja verde de la dacha de Jruschov—. Íbamos a ver a un comisario del pueblo que vivía en aquella casa antes de la guerra. No sé lo que tendría Jruschov después, pero aquel comisario tenía faisanes, pintadas, ¡incluso pavos reales! Una vez le pregunté a papá: ¿cómo es posible que un comandante del Ejército Rojo tenga una casa como la de un aristócrata de antes de la Revolución? Y, justamente al día siguiente, se llevaron a papá.

—¿Y nunca más volvió?

—No. Poco después, fue el comisario quien desapareció. Dicen que le arrancaron todos los dientes antes de matarlo.

—Para que supiera lo que es vivir como un señor, mientras la gente malvivía en barrancos y en chozas en las que no cabría ni su perro, Vira.

—Puedes tutearme, Iván.

Vira y él nunca se citaban. Pero Iván tenía la costumbre de subir al trolebús número 4, ir hasta la última parada y pasear por aquel parque que tanto adoraba desde que vivía en el barranco. Iba a pensar en nuevos argumentos para sus obras, en busca de ideas, y allí se encontraba con Vira.

Hubo años en los que coincidieron dos o tres veces, aunque hubo otros en los que ni siquiera se vieron. Pero cuando se encontraban se trataban como si fueran viejos amigos. Al principio, Vira tenía a Walter; después, ya no. Cuando Iván le preguntó qué había sido del perro pelirrojo, Vira no respondió. Tenía la costumbre de no contestar a preguntas sobre su vida. Guardaba silencio incluso cuando Iván le insistía una segunda vez. A la tercera, dejaba de preguntar.

Vira tenía siempre el mismo aspecto, por muchos años que pasaran entre encuentro y encuentro. No podía decirse que fuera una mujer hermosa. Pero siempre parecía joven o, mejor dicho, de una edad indefinida. Tenía las mejillas sonrosadas, unos dientes preciosos y una sonrisa cordial. Y siempre aquel cabello rubio oscuro, espeso y corto, en el que no había aparecido ni una sola cana. Aquella mujer parecía mostrar desprecio por cualquier atributo femenino. Iván no recordaba cómo eran sus pechos, por mucho que, como hombre, no pudiera evitar fijarse en ellos. Vira siempre llevaba blusas holgadas, con un pañuelo o un chal sobre las espaldas. Y pantalones. Aquella mujer nunca despertó interés masculino alguno. Eran otras fuerzas las que atraían hacia ella.

—Tu relato *El tesoro perdido de Kyiv* me ha parecido magnífico —dijo Vira en una ocasión. Y, a pesar de que no había recibido ni un solo elogio de la crítica, Vira lo arrastró hasta su habitación en la casa con la cabeza de mujer y le pidió que firmara el ejemplar de la revista donde lo habían publicado. Sin embargo, Iván no recordaba cómo era su habitación. ¡La de veces que había soñado con entrar en aquella mansión! ¡La de veces que se había preguntado cómo sería por dentro! Y cuando por fin logró entrar, lo olvidó todo.

Al Iván Ivak escritor la crítica nunca lo aplaudió por el estilo ni por el lenguaje. Solo por su fidelidad ideológica, por su fe en la victoria del comunismo. Y aquel relato, *El tesoro perdido,* tocaba un tema muy espinoso: el éxodo de los judíos de la URSS durante los años setenta. Tratar un asunto como aquel era extremadamente complicado, sobre todo si uno utilizaba el lenguaje de la literatura y no el de las resoluciones oficiales. Había que condenar el militarismo israelí y, al mismo tiempo, no dar más munición al ya de por sí voraz sionismo internacional, como diciendo que en la URSS se maltrataba a los judíos trabajadores, la mayoría de los cuales eran, en realidad, ciudadanos soviéticos, auténticos constructores del comunismo.

El tesoro perdido de Kyiv nació tras una conversación con un tal Yefym Isakóvych, con quien Iván Ivak había coincidido en el hospital. Aquel hombre, soltero, aunque entrado en años, no había emigrado a Israel con sus parientes, a pesar de la insistencia de estos y del ofrecimiento de un excelente puesto de trabajo allí. ¿Por qué no se fue de una ciudad en la que ya no le quedaba nadie? Porque, según él, había perdido en Kyiv un tesoro que debía encontrar. Los ojos de Yefym Isakóvych irradiaban un brillo de locura que asustaba a Iván. Pero él seguía escuchando. El hombre contaba que había logrado huir cuando se los llevaban a todos por la calle Dorohozhytska. Luego vivió dos años en Kyiv, entre callejones, sótanos, trasteros y desvanes. Todos sus familiares se habían quedado en el barranco de Babyn Yar. Pero no era eso lo que lo retenía, sino aquel tesoro olvidado de Kyiv. Durante esos dos años lo habían alimentado unas veces los alemanes, otras los nuestros. Le daban de comer, pero no lo dejaban entrar en las casas. Solo una mujer que vivía en un pequeño edificio de uno de los callejones de la ciudad se dignó acogerlo. Era consciente de que una enfermedad la estaba consumiendo, y le daba lo mismo que la fusilaran por esconder a un judío o morir por culpa de aquel mal. Aquella mujer le entregó una cajita y le ordenó esconderla hasta la liberación de Kyiv. Cuando la mujer finalmente murió, él fue y enterró la caja. Pero nunca miró lo que había dentro, al contrario que Eva, para quien la curiosidad había sido más fuerte que el mandato divino. Unos vecinos enterraron a la mujer, y Yefym vivió en aquel edificio hasta la liberación de Kyiv. Pero olvidó el lugar donde había enterrado la caja. ¿Cómo podía irse de Kyiv sin recordarlo, sin encontrar aquel tesoro?

El relato *El tesoro perdido de Kyiv* se publicó en la revista *El Amanecer Soviético,* y ni siquiera censuraron la mención a la bíblica Eva. Con aquel relato, Ivak parecía complacer a la oficialidad soviética, como preguntándose: ¿quién querría abandonar la Patria soviética, cuando bajo su tierra se esconde el más precioso de los tesoros? Pero en realidad lo que Ivak quería decir era algo más profundo que aquel simple patriotismo soviético. Iván se sintió complacido de que Vira apreciara aquel relato del que él mismo estaba orgulloso, aunque también le había hecho sufrir por si lo consideraban ideológicamente dudoso. Por suerte, eso no ocurrió, y el elogio de Vira le resultó especialmente grato. Ese mismo día, paseando, Iván y Vira se acercaron al bosque de Kyryliv, donde aún quedaban lápidas del cementerio judío que pronto desaparecerían sin dejar rastro. El cementerio musulmán de Kyiv se había mantenido intacto, mientras el judío fue borrado del mapa como si nunca hubiera existido.

Ambos guardaron un largo silencio junto a las lápidas profanadas, esparcidas como si fueran unas vulgares piedras con unas letras extrañas y absolutamente incomprensibles. Entonces Vira dijo:

—Qué difícil es seguir siendo humano cuando llegan tiempos oscuros.

—Protégenos, Dios, de tales tiempos —respondió Iván.

—Dios nos da la vida para que no temamos ningún tiempo, ninguna época. Porque Dios no tuvo miedo cuando nos creó. Y ya ves, al final, los riesgos que asumió.

—Dios alzó un edificio hecho de imperfecciones.

—En el que, sin embargo, existe al menos un recurso para perfeccionarlo.

—¿Qué recurso, Vira?

—¡La expulsión de los miedos, Iván!

—Pero ¿cómo? ¿Cómo es posible no tener miedo si, pongamos, te amenazan con torturarte? —exclamó Iván, con voz desesperada, aunque en aquel momento no tenía por delante ningún gran problema vital. Simplemente conversaba con una vieja conocida.

Entonces, entre los restos del cementerio judío, le contó a Vira lo de Walter y Elsa, lo de Masha Kalamatna y la oferta del NKVD que no tuvo el coraje de rehusar. Incluso mencionó de pasada la sala Menos Treinta y Uno. También le habló de la primera versión inédita de su relato *El cachorro,* en la que él se limitaba a rematar a los desgraciados, y eran otros los que se encargaban de la tortura.

De repente, en el bosque de Kyryliv se hizo de noche. Iván dejó de ver a Vira, solo escuchaba su voz desde la oscuridad, entre el susurro de las ramas.

—Sabes, Iván, tienes todo el derecho a la defensa… en el tribunal más alto de todos, en lo que llaman el gran juicio de Dios.

—¿Te refieres al Juicio Final? —preguntó Iván.

—Sí, en el Juicio Final tienes todo el derecho a tener tu propio abogado. Pero tú debes ser tu propio fiscal. Solo entonces, en el Juicio Final, podrás reclamar tu legítimo derecho a la defensa.

Y después ocurrió algo incomprensible. Vira se perdió y ya no volvió a aparecer. Iván la llamó durante casi una hora en medio de la oscuridad del bosque, pero ella no respondía. Salió del bosque por la calle en la que, curiosamente, estaba su antigua escuela, sin saber qué hacer. ¿Tenía que llamar a la policía y decir que había salido a pasear con una mujer por el bosque y que, de pronto, ella había desaparecido en medio de la oscuridad? ¿Y cómo les explicaría que un conocido escritor soviético ucraniano, felizmente casado y padre de dos hijos, se encontraba paseando de noche con una mujer de la que ni siquiera conocía el apellido?

Aquel día terminó de forma bastante desagradable. Iván regresó a casa muy tarde. Liuba estaba terriblemente preocupada por su ausencia y transmitió su nerviosismo a Irina. Ambas se abalanzaron sobre él con reproches típicos de mujeres, algo poco habitual en su familia. Pero, aquel día, esposa e hija no pararon de gritar, interrumpiéndose la una a la otra, y lo único que recibieron por respuesta fue el silencio. Valeri y Marina estaban también allí, a punto de marcharse a su casa.

—A ver, chicas, ¿es necesario que atéis a este pobre hombre tan corto? Dejad que salga del establo de vez en cuando —soltó Valeri mientras las «chicas» seguían reprendiendo a Iván, que se había sentado en el sofá, cabizbajo y sin decir ni una sola palabra.

—¿Te ha ocurrido algo? —preguntó por fin Liuba tras una hora de gritos.

—Me he perdido en el bosque —respondió Iván. Era la pura verdad. Pero sonó como si fuera la más descarada de las mentiras.

Vira desapareció de la vida de Iván Ivak durante mucho tiempo. Pero no para siempre. Írochka quiso ingresar en el Instituto de Teatro. Había diversas razones por las que Iván y

Liuba no lo consideraron una buena idea. Liuba creía sinceramente que todas las actrices eran unas pelanduscas. Iván, por su parte, no tenía ningún contacto para enchufar a su hija en la escuela de teatro, algo tremendamente complicado en tiempos soviéticos. Sin embargo, se apresuró a encontrarlos. Le dijeron que, para empezar, necesitaba una profesora particular de arte dramático. ¿Y dónde podía encontrarla? Y entonces se tropezó con Vira en la calle Artema. Se saludaron emocionados, como si aquella conversación en el bosque de Kyryliv nunca hubiera existido. Vira lo invitó amablemente a su habitación en el edificio gris que le habían asignado cuando demolieron la hermosa mansión con la cabeza esculpida que tanto echaba de menos Iván.

Cuando Iván le contó que su hija quería ser actriz, Vira se ofreció a ayudar. ¡Tenía contactos con mucha gente del mundo de la farándula! Vira no aceptó ningún dinero de Iván. ¿Qué tipo de intercambios económicos podían existir entre dos antiguos compañeros de escuela? Írochka asistió durante un año a las clases de Vira Volodymírivna, y como resultado de ello acabó por desistir de sus intenciones de convertirse en actriz. Vira la ayudó a descubrir cuál era su verdadera esencia.

Aquel encuentro en la calle Artema fue la última vez que Iván vio a Vira. Después, Írochka siguió yendo a sus clases y, de vez en cuando, nos contaba algo sobre ella. Al año siguiente, Irina empezó a estudiar Psicología en la Facultad de Filosofía, y, a juicio de Iván, estaba más que feliz y satisfecha con su elección.

¡Qué ganas de volver a verte, Vira! Creo que seré incapaz de terminar este libro si no hablo contigo al menos una vez más. Seguiré vagando por este mundo sin haber cumplido lo que aquella anciana me señaló una noche de verano en el jardín de Zoloti Vorota. Podéis argumentar que Iván Ivak ya ha contado lo suficiente y que tampoco es que se haya compadecido de sí mismo. O, por el contrario, podéis pensar que sí ha escatimado algunos detalles y que, en demasiadas ocasiones, ha intentado justificarse. Iván recordará para siempre las palabras de Vira: debía ser él el que actuara como un fiscal implacable consigo mismo. Y solo entonces tendría derecho a la defensa en el Juicio Final. Además, cada vez que empiezo a excusarme, me vienen esos terribles ataques de asfixia que ningún medicamento puede aliviar y que, sin embargo, se van solos, amenazando siempre con regresar.

No es que me compadezca de mí mismo al recontar mi pasado. Pero hay detalles que no puedo confiar ni siquiera a este cuaderno del cachorro en la tapa, aunque es altamente probable que nadie lea estas páginas encuadernadas en espiral de alambre mientras yo viva. ¡Pero podrían leerlas después! Pero no es tan sencillo como parece, estimados lectores. La cuestión no es solo si Iván Ivak se compadece o no de sí mismo. Hay episodios de mi vida sobre los que ni el más salvaje ataque de asfixia lograría desatarme la lengua. Si callo no es por heroísmo, sino porque hay cosas que solo de pensarlas me dejan sin palabras. La lengua se me secaría al hablar, y las manos se negarían a escribir.

Así que, si me lo permiten, seguiré escribiendo sobre lo que puedo escribir. A mediados de los años ochenta, Liuba empezó a enfermar gravemente. Estuvo enferma varios años y murió durante la perestroika. Iván solo llegó a comprender quién era ella realmente en sus últimos días, cuando ya no podía levantarse y él permanecía sentado junto a su lecho.

—Tú hiciste cosas terribles cuando trabajabas en los órganos, ¿verdad? —preguntó ella sin apartar su mano de la mía.

—Eso fue hace mucho tiempo —respondió Iván.

—Pero siempre fuiste bueno conmigo. ¿Cómo pudiste soportarlo, Iván?

—¿Has olvidado la época en la que nos acababan de dar la habitación a la que nos mudamos desde la residencia? Entonces yo era una persona insoportable. También contigo.

—Pero aquella época pasó, y nunca más se supo de ella. Fueron tiempos durísimos para todos. Tú cambiaste. Es más, era yo la que, sin ningún tipo de pudor, me encargaba de recordarte aquella época en la que lo único que quería era aprovecharme de ti.

—No me di ni cuenta. Cambié cuando empecé a escribir.

—¿Sabes? No he leído ninguno de tus libros —dijo Liuba con cierta repugnancia.

Liuba había trabajado toda su vida en una biblioteca y siempre había leído mucho. Con el tono con el que pronunció esas palabras parecía dejar claro que consideraba la carrera literaria de Iván como algo aún más inmoral que su labor en los órganos.

Y justo cuando este pensaba decirle: «Gracias a mi trabajo en los órganos y a mis libros pudiste disfrutar de nuestro precioso apartamento y trabajar con toda tranquilidad en la biblioteca», una ya débil Liuba susurró:

—Fue en esta misma habitación.

—¿El qué? —Iván se inclinó hacia ella.

Aquella habitación de diecinueve metros cuadrados con balcón, donde ahora yacía enferma Liuba, había sido en el pasado el refugio de Kulévych. Sí, era aquella misma habitación. Quién sabe lo que llegaron a sacar de ella; incluso su hijo pequeño había tenido que ayudarles a tirarlo todo a la basura. Era una tarea grata, por supuesto. Luego hicieron reformas, pintaron el techo y cambiaron el papel de las paredes. Y la volvieron a reformar unas cuantas veces más. Aquella habitación era su sala de estar cuando ya disponían de las tres habitaciones. Aquí servían la comida para los invitados, que se sentaban a aquella misma mesa que ahora estaba pegada a la pared. Liuba yacía ahora en el sofá en el que tantos de sus invitados se habían sentado antes. Y ese era el balcón al que salían a fumar tras las comidas.

—Aquí ya no queda nada de Kulévych. Solo las paredes.

—Sí, sí que queda algo. Esa «desconocida» —dijo Liuba señalando con la mano temblorosa una excelente reproducción del célebre cuadro, en un marco un tanto extravagante.

—¿Era suya? ¿Estás segura? ¿No fue nuestra Ira la que la colgó?

—Estoy segurísima. La recuerdo desde entonces. Aquel hombre depravado y disoluto, que invitaba a todo tipo de chicas y mujeres a pasar la noche con él, irónicamente compartía habitación con este encanto de dama.

—¿Y si no la compró él? ¿Y si se la regalaron sus compañeros de trabajo por su cumpleaños? Por regalarle algo.

—No, él mismo me contó que había comprado el *Retrato de una desconocida* por su cuenta, y que estuvo mucho tiempo buscándola.

—¿Y tú, entonces, entrabas en su habitación?

—Y muy a menudo. Cuando tú estabas en el trabajo y él descansaba antes del turno de noche.

Para cuando se mudaron a esta habitación, Iván Ivak ya se había despedido de los turnos de noche. Trabajaba en el archivo desde la mañana hasta la tarde, el sábado hasta mediodía, y el domingo libraba. Kulévych trabajaba a turnos, así que a menudo estaba en casa de día y trabajaba de noche.

—¿A qué te refieres? ¿Para qué ibas a verle?

Liuba suspiró.

—Justo para lo que te imaginas.

Habían pasado casi cuarenta años desde que aquel cuarto lo ocupara el teniente Kulévych. Ambos eran ya mayores y estaban enfermos, Liuba mortalmente enferma.

—¿Y por qué has decidido contármelo ahora?

—Te lo cuento, y siento cómo se me alivia el alma. Y eso que aún no te lo he dicho todo.

—Deberías descansar, Liuba. Te cuesta hablar.

—No, prefiero decírtelo ahora. Tú escucha, por favor.

—Está bien, di. Cuéntame todo lo que me tengas que contar, Liuba.

Iván deseaba convertir la confesión de Liuba en una broma. A fin de cuentas, había pasado muchísimo tiempo.

—¿Era mejor que yo? —preguntó él.

—Iván, querido, no seas ridículo, ¡yo le tenía auténtico pavor! Apenas Valerik se dormía, empezaba a arañar la puerta. Y me decía: «¡Ni una palabra a Iván! ¡Si no, lo pagaréis caro los dos!».

Sí, es posible que algunos hayan olvidado aquellos tiempos, pero nosotros no, pensó Iván Ivak mientras sujetaba con fuerza la mano de Liuba.

—Descansa, Liuba. Por suerte, el que acabó mal fue él. Y fuimos nosotros los que ocupamos su habitación, y no al revés.

—Iván, cariño, fue él quien me contó lo que hacías en tu trabajo. ¡Fue él quien me habló de aquella habitación Menos no sé qué, en el sótano!

—¡Maldito canalla! —Esta vez Iván se indignó de verdad—. ¿Qué necesidad tenía de atormentar a una mujer joven con una criatura de pecho? ¿Qué derecho tenía a contarle todo aquello? ¿Acaso no había firmado, como yo, como todos nosotros, su propio compromiso de confidencialidad?

—Pero si no sabía cerrar la boca, Iván, y a las dos copas empezaba a hablar por los codos. Me contó cómo era todo aquello, la cuerda, la capucha, el pedestal, la sentencia. Y hasta lo del *Con paso firme, camaradas.*

—¿Y alguna vez mencionó el nombre de alguno de los condenados?

—No, nunca dijo ningún nombre. Pero no podía con todo lo que sabía. Por eso bebía, por eso estaba todo el día de juerga.

—Parece que lo compadezcas... —le dijo, con un aire de hostilidad, a su esposa enferma.

—No lo entiendes, ¿verdad? ¡Os compadecemos a todos! ¿Y sabes cuál es nuestro mayor sueño? ¡Que exista alguno, al menos uno, al que no tengamos que compadecer!

—¿Uno que se compadezca a sí mismo? —preguntó con ironía Ivak, que en realidad compadecía a Liuba.

¿De qué podía quejarse? Según las estadísticas, a la mayoría de las mujeres del País de los Sóviets les había tocado una vida mucho más dura que la suya. ¡Pero mira ahora lo que le está tocando sufrir!

—El deseo oculto de cualquier mujer es compartir su vida con un hombre ante el que pueda arrodillarse. ¡Pero que este no se lo permita! —respondió Liuba—. Y fuisteis vosotros los encargados de colgarlos a todos.

¿Dónde has leído esto, Liuba? —pensó Iván para sus adentros—. ¿Por qué ibas a las fiestas de los cadetes de la escuela del NKVD si querías a un hombre así? Claro, seguro que todo es culpa de la juventud. Y más si esa juventud cayó a finales de los años cuarenta en el País de los Sóviets.

Pero en voz alta, suavizando de nuevo el tono, dijo:

—Descansa, Liuba, ¡todo eso pasó hace muchísimo tiempo! ¡Ahora ya no tiene ninguna importancia!

—¿Y qué es lo que importa ahora?

—Tu salud, Liuba. Tienes que recuperarte. Nuestro país va a mejor. —Liuba se estaba muriendo en plena perestroika, que en aquel momento todos celebraban—. Pronto tú también empezarás a mejorar. Pero, por ahora, descansa. Es mejor que no te alteres. Deja de recordar aquellos tiempos. Han quedado atrás para siempre.

Y se levantó de la cama para irse.

—¡Espera! ¡Aún no te lo he contado todo!… Siéntate y escucha. Fui yo la que advirtió a vuestra dirección de que Kulévych estaba revelando información secreta, y por eso lo detuvieron. Antes me aseguré de que no tuviera a nadie, ni padres, ni hermanos, ni nada de nada. A los que tenían a alguien era más difícil mantenerlos en silencio, porque sabían que, al final, los que pagarían el pato serían sus parientes…

—Lo sé, Liuba, ¿a quién se lo estás contando? Ahora estate tranquila. Todo eso sucedió hace mucho.

—Y para delatarlo fuimos a la casa del coronel Guibarián. ¿Te acuerdas de él? Lo conocimos en aquel sanatorio de Crimea. Era el marido de Marieta, de quien entonces me hice amiga. ¿Recuerdas que fuimos a su casa en la calle Tolstói?

—Pobrecita mía… —Iván volvió a sentarse en la silla junto a la cama y cogió la mano fría de Liuba.

—La idea de cómo librarse de Kulévych la saqué de nuestra querida Irina Vasílivna. Trabajaba de mujer de la limpieza…

—Sí, de la limpieza —susurró él, comprendiendo al fin a qué clase de limpieza se dedicaba su vecina. Pero no quiso comentar si su esposa enferma lo sabía o no lo sabía, mientras esta continuaba con su confesión:

—Es posible que tú lo hayas olvidado, pero yo recuerdo perfectamente cómo limpió a conciencia nuestra casa los días posteriores a que se lo llevaran. El pasillo, la cocina y, sobre todo, los espacios comunes…

—Por aquel entonces me pasaba todo el día en el trabajo. Sí, recuerdo cómo después de su desaparición el aire de nuestra casa empezó a ser otro, lo noté de inmediato, aunque no podía decirlo en voz alta. El hedor desapareció del resto de la casa, aunque quedó en esta habitación por mucho tiempo, hasta que nos la dieron a nosotros. Aún quedaban restos de comida…

—Irina Vasílivna no podía entrar a esta habitación, pero echó unos polvos por debajo del umbral de la puerta, y todo lo que había dentro se secó y dejó de apestar. A mí tampoco me dejaba entrar, decía que ella sabía cómo limpiarla para que no quedara ni rastro de porquería. Por cierto, Iván, ¿te acuerdas de que cuando empecé a trabajar a veces cuidaba de nuestro hijo?

Sí, claro que se acordaba. Recordaba que le pagaba una miseria por cuidar del pequeño Valerik.

—Fue ella, Iván, fue ella misma la que se lo contó… Él mismo me lo dijo.

—¿Ya entonces?

—No, ahora.

Por fin Liuba había soltado todo lo que tenía que decir. Guardaron un largo silencio, y él sostuvo su mano todo lo que ella quiso, hasta que se quedó dormida.

Liuba aún vivió algunos días más después de aquella conversación. Fue la única charla sincera que tuvimos en cuarenta años de vida en común. Vivimos bien. Casi nunca discutíamos, nos queríamos, viajamos mucho a lo largo y ancho del País de los Sóviets, incluso llegamos a Tashkent y Samarcanda, íbamos a menudo al teatro y a conciertos. Criamos a dos hijos que aprendieron a desenvolverse perfectamente sin nosotros, lo que quizás sea el mayor logro para un padre y una madre. Juntos esperamos la llegada de los nietos, tanto en la familia de nuestro hijo como en la de nuestra hija. Pero nunca, absolutamente nunca, tuvimos una conversación sincera de verdad.

* * *

Vaya, susurró Valeri, mientras pasaba a la siguiente página del cuaderno de su padre. Irina Vasílivna cargó con una culpa para cuidar de nosotros. Sí, yo supe antes que mi madre a qué se dedicaba realmente. Como buena plañidera obligada a llorar por todos, tanto por las víctimas como por los verdugos, Irina Vasílivna era la encargada de limpiarlo todo sin juzgar a nadie. ¿Qué fue lo que le conté entonces a mi madre enferma? Ya no me acuerdo. Solemos recordar mejor lo que nos han dicho a nosotros que lo que hemos contado a los demás. Pero prometí no explicarle a nadie nada de lo que Irina Vasílivna me había confiado. Y cumplí con mi palabra. En mi caso, no fue por ningún tipo de bloqueo de las cuerdas vocales, como sucedió con mi padre. De hecho, compartí con Marina todo lo que me había contado Irina Vasílivna. Y ahora puedo hablar de ello sin ningún tipo de impedimento.

Lárochka, la hija de Irina Vasílivna, fue salvajemente violada por los liberadores soviéticos. Irina me lo contó cuando yo tenía solo siete años: diez soldados soviéticos la forzaron a convertirse en su mujer. El resto de chicas lo hicieron por voluntad propia, pero a Lárochka la tuvieron que obligar por la fuerza. Después de ello murió. Desangrada. Irina Vasílivna se encargó de limpiar la sangre. ¿Qué otra cosa podía hacer? Dudo que mi padre se enterara de nada. Se lo habría contado yo mismo a mi madre, en tiempos de la perestroika, si no hubiera caído enferma. Pero estaba demasiado débil, y no me atrevía a decirle algo que, con toda seguridad, la haría sufrir aún más. Aunque tenía el don de hacerme preguntas inesperadas…

* * *

—¿Por qué decidiste contarme aquello, Liuba? —le pregunté el último día de su vida.

—Creo que me puse enferma porque quise esconderlo todo en mi interior durante demasiado tiempo. —Liuba se llevó la mano al vientre que tantas veces le habían operado.

Suspiré profundamente. Si aquella sinceridad hubiera venido antes, seguro que no habríamos sobrevivido tanto tiempo. Pasamos toda nuestra vida juntos en un espacio de silencio. Solo hablábamos de lo cotidiano; claro que no discutíamos nunca. La gente pensaba que éramos felices, siempre rodeados de invitados, tanto nuestros como de nuestros hijos. Y esas conversaciones alrededor de la mesa, siempre superficiales, aunque alegres, creaban la ilusión de que todo iba bien, enmascarando la ausencia de un contacto verdadero, casi sagrado, entre nosotros, aquellos mismos que, desde mucho tiempo atrás, habíamos prometido convertirnos en «una sola carne». Teníamos amigos que nos ayudaban cuando las cosas se torcían, y a quienes nosotros también ayudábamos cuando algo les iba mal, claro. Pero las verdaderas desgracias solo las podemos superar si confesamos lo que más nos atormenta. ¿Y quién haría esto en un país donde el mayor tesoro, el oro más preciado, era el silencio?

Aun así, una vez tuve la ocasión de desahogarme. Fue cuando hablé con Vira entre las lápidas desperdigadas del cementerio judío. Aunque su respuesta difícilmente podría interpretarse como una absolución. Tampoco ella se atribuyó aquella facultad. En cambio, Liuba... probablemente nunca habló con nadie de su carga. Es posible que intentara contárselo a Valeri. A Írochka seguro que no le dijo nada. Iván hablaba mucho con su hija; si su madre le hubiera confesado algo fuera de lo normal, ella se lo habría contado en seguida.

El año que viene se cumplirán diez años de la muerte de Liuba. ¿Vendrá Valeri a recordarla? Y yo, ¿seguiré vivo? ¿Habré terminado mi libro? Echo mucho de menos a Liuba. Y a menudo pienso: ¿y si el universo está ordenado de tal manera que, al final, nos encontramos ella y yo ALLÍ y empezamos a hablar? Me refiero a hablar de verdad, cara a cara, mirándonos a los ojos. No le volvería a contar lo que Kulévych ya le contó sin mi ayuda. Le hablaría de Walter Falke y de cómo había leído que a Mefistófeles le encantaban las *kartóffeles;* y de Elsa Karlivna, de María Kalamatna, de Marichka Chymala y de Magdalyna Dmítrivna. Y de Vira, mi compañera de clase, y de su casita con aquella cabeza de mujer sobre la entrada. ¿A quién se lo voy a explicar si no es a ella? Y, por muy imposible que parezca, a veces pienso que podré llevarme conmigo todo lo que estoy escribiendo ahora, y Liuba lo leerá. Como hacía con sus obras maestras cuando trabajaba en la biblioteca.

* * *

Valeri sintió un deseo irrefrenable de compartir con algún ser querido todos aquellos sentimientos que se habían apoderado de él mientras leía *El último deseo.* ¿Debería enviarle a Marina una copia del cuaderno para que pudiera leerlo antes de que él regresara a casa?

En la secretaría de la organización que lo había invitado a Polonia se harían cargo de ello. Si es que el texto se podía escanear, claro. Valeri ya había tenido algunas experiencias con imágenes en papel que se resistían a ser fotocopiadas o escaneadas. Es lo que le pasó cuando intentó hacer una copia electrónica de los diarios del amigo del padre de Marina, que, supuestamente, alguien había logrado sacar de los campos de concentración y entregarlos a Occidente. Habían llegado hasta Marina de un modo algo misterioso, cuando ya llevaban mucho tiempo viviendo al otro lado del océano, aunque conservaban algunos contactos con lo que quedaba de las ruinas de la Unión Soviética. Todas las páginas salieron en blanco. Solo después de que Marina los transcribiera a mano, pudo ver la luz una copia indestructible de los diarios de aquel disidente. Pero tan pronto como estos aparecieron en versión electrónica, el original, de repente, se esfumó y el archivo de texto perdió la gravedad de la verdad histórica. Aunque, probablemente, adquirió aquella esencia de las verdades que trascienden la historia. ¿No podría ocurrir lo mismo con el cuaderno del padre?

Seguro que a Marina le encantaría leerlo. Le interesaría saber lo que dice sobre la dacha de Jruschov, por donde paseaban cuando eran jóvenes y estaban enamorados, sobre los vaqueros de pana azules del paquete canadiense y, en fin, sobre todo lo demás.

Entonces, Valeri Ivak sintió que en aquel momento a quien quería ver no era a su esposa, sino a su hermana, que tenía muchísimos más detalles que Marina sobre todo lo que se mencionaba en el libro de su padre. El interés de la esposa por su suegro siempre había sido relativo, sobre todo porque nunca había vivido con él. Estaba mucho más interesada en su propio padre, quien, para ser sinceros, le había hecho la vida imposible, mucho más de lo que el padre de Valeri había hecho con él. Por ejemplo, le prohibió matricularse en la Facultad de Filología, alegando que era un lugar reservado a los vástagos de la miserable aristocracia soviética. Marina lo detestaba, pero acabó estudiando resistencia de materiales y fundamentos teóricos de electricidad y electromagnetismo en la Universidad Politécnica, en lugar de dedicarse de lleno a las lenguas y las literaturas extranjeras. ¿Era el padre de Marina alguien capaz de escribir una autobiografía mínimamente decente? ¿Es posible que algún día aparezca una de la nada?

Valeri aún no ha confirmado su vuelo de regreso, pero es posible que no vuelva a casa esta noche. En lugar de eso, esta tarde se subirá a un avión con destino a Kyiv que, vamos a ver…, ¡tiene asientos disponibles! Pero ¿encontrará a su hermana en casa? No le ha dicho nada, así que es muy probable que se haya ido a algún sitio. Y él no tiene las llaves de la casa de sus padres; llaves en sentido material, no metafísico. Pero sí tiene las llaves de su propio apartamento en Svyatóshyn. Valeri sabe que su sobrino Mijás vive allí. Paga los gastos básicos y vive en el caos que le dejaron los Ivak cuando huyeron de Kyiv escapando de los Guibarián.

Antes de clicar en la opción «pagar», le escribió un mensaje privado por Facebook:

> ¿Qué te parecería si hoy fuera a la Ciudad de los Edificios Grises? Fíjate en el comentario de Pavló. Así es como llama a nuestra ciudad natal.

La providencia jugó a favor de su inesperado impulso. La hermana estaba justo en ese momento sentada frente al ordenador en su edificio gris y le respondió al instante:

¡Uy, ya hace muchísimo tiempo que se ha convertido en una ciudad de rascacielos ridículos que esconden nuestros queridos edificios grises! ¡Ven, te espero! ¡Ya era hora!

La hermana y el cuñado habían hecho muchos cambios en la casa paterna. Habían reformado y amueblado con un estilo minimalista tanto la habitación que al principio ocupaba el teniente Kulévych como la de Irina Vasílivna. Solo la habitación que desde el inicio perteneció a la familia Ivak, y que más tarde se convertiría en el despacho del padre, conservaba su estado original, con el estilo típico de las viviendas soviéticas. Todo seguía en su lugar: las librerías repletas de libros —algunos de ellos auténticas rarezas de los años setenta y ochenta—, el escritorio y el viejo tocadiscos. Y aquel sofá hecho a medida, en el que dormían sus padres hasta que la madre cayó gravemente enferma y, entre hospital y hospital, pasó a acostarse en el sofá del salón. En el escritorio brillaba una lámpara verde con pantalla de vidrio sobre un pie de imitación de mármol. En el despacho reinaban una extraña comodidad y una calma que parecía de otro mundo.

—¡Es como un museo de nuestros padres!

—No solo de nuestros padres, sino de toda una época. Y que sea así por mucho tiempo.

—Por mucho tiempo —asiente Valeri.

Los dos hermanos se sientan a cenar en la cocina junto al marido de Ira. Irina-cocina parece disculparse con Valeri por no haber puesto la mesa del comedor, como corresponde para un invitado tan querido como él. Pero en su comedor ya no hay una mesa grande, sino una mesita baja para tomar el café.

—Ira, no te preocupes, por favor. Además, a nuestra madre le encantaba comer en la cocina cuando venían nuestros parientes más cercanos.

—¡Mamá adoraba tener invitados en casa! ¡Tanto si eran parientes como si no! Qué pena que hayamos abandonado esas tradiciones y ya no organicemos ni comidas ni cenas. Como mucho, invitamos a alguien a tomar un café.

—Era su forma de librarse de los fantasmas de este piso.

—¿De qué fantasmas hablas, Valko?

—De los que se instalaron en este apartamento cuando nuestros padres eran jóvenes. Sabes perfectamente por qué a papá le dieron este piso.

—¡No empieces otra vez, Valko! ¡Papá hace siglos que murió! ¿No puedes dejar que descanse en paz? Y, de paso, déjate a ti también en paz.

—Yo estoy muy tranquilo, Ira. Pero los fantasmas del pasado acaban de despertarse porque en Varsovia, aún no me explico cómo, un desconocido me entregó el manuscrito de la autobiografía de nuestro padre.

—¿Te refieres a lo que escribió durante sus últimos años, cuando se pasaba las noches en la editorial?

—Puede.

—¿Sabes que Mijás y yo nos encargamos de recoger todas sus cosas de la editorial, pero que no encontramos ningún manuscrito? Había algunos cuadernos, tarjetas de visita, libros y periódicos que leía y en los que hacía algunas anotaciones. Pero de manuscritos, ninguno. Es posible que dejara algo en el ordenador de la editorial, pero no nos dejaron acceder a él. ¿Y quién dices que te entregó el manuscrito?

—Ya te lo he dicho, un desconocido. Se me acercó en la inauguración de una exposición fotográfica en Varsovia. ¡Fue una cosa realmente extraña! Ni siquiera recuerdo en qué idioma hablamos.

—¿Cómo es posible que no recuerdes en qué idioma hablasteis? —preguntó sorprendido Mykola, el marido de

Irina—. ¿Recuerdas de qué hablasteis, pero no en qué lengua lo hicisteis?

—Sé que fue en alguna de las lenguas que conozco, pero ya está.

—¡Me parece que trabajas demasiado, por eso olvidas esas cosas! ¡No me entra en la cabeza!

A Mykola le preocupaba enormemente la situación de la lengua ucraniana en Ucrania, y sabía señalar exactamente dónde se hablaba ucraniano y dónde ruso.

—Pero tú siempre hablaste en ruso con nuestro padre —recordó Irina—, a pesar de que te presentabas como un nacionalista burgués ucraniano.

—Claro, Iván Zajárovych era un gigante de la literatura soviética, y tenía un gran dominio del lenguaje. Incluso cuando trataba temas abiertamente prosoviéticos. Creo que fue un logro del sistema, teniendo en cuenta sus orígenes entre el proletariado de los arrabales. Yo leía los libros de mi suegro con mucho más interés que vosotros, sus propios hijos.

—Pues ahora tendrás la oportunidad de leer su último libro, Mykola. Pero la primera en leerlo será Ira. Disculpadme, no, ella será la segunda. El primero fui yo.

—A veces Ira y yo leemos en voz alta —dijo Mykola.

¡Por Dios, qué familia ucraniana tan dichosa!, pensó Valeri, aunque en voz alta dijo:

—No creo que sea un libro para leer en voz alta.

—Pero ¿puedes decirnos de una vez por todas quién te lo entregó?

—Ya os lo he dicho: un hombre a quien no había visto nunca antes. Aunque su cara me sonaba. ¿Sabes a quién se parecía? A Gavrylo Magovsky, el profesor de inglés de nuestros hijos, al que ellos llamaban Gab.

—¿Gab? ¿Y por qué Gab?

—De Gavrylo, Gavryl, Gabriel en inglés, y abreviado Gab. Gab Mag.

—Sí, fue un profesor excelente. Mijás lo habla muy bien gracias a él.

—También Pavló, como supimos después, cuando nos encontramos en el mundo anglófono, lo hablaba mejor que Marina y que yo. Deberíamos estar agradecidos a Magovsky. ¡Nunca nos cobró ni un dólar de más! Pero luego vino aquel conflicto salvaje con los padres de Lilka, y la reacción instintiva contra Pavló, que fue el que nos metió en aquella turbia historia con los Guibarián. Magovsky también sufrió el mismo rechazo instintivo. Pero ¿qué tenía que ver él con todo aquello? No fue en su casa donde Pavló y Lilka se acostaron, ni tampoco fue él quien les enseñó cómo hacerlo. Pero la gente suele reaccionar así ante lo desagradable: tú eres el responsable, tú cargas con la culpa.

—¿Sabes qué, Valko? Aquel hombre desapareció. Años después, unos amigos me pidieron que les buscara un profesor de inglés para su hijo adolescente. No respondía al teléfono, así que me atreví a acercarme a su casa. Llamé a la puerta, y tuve que pedir disculpas. Ya no era su casa. ¿Y sabes lo que me dijo aquella gente? ¡Que ellos siempre habían vivido allí! ¡Te lo puedes creer! ¡Pero si a veces yo le llevaba el dinero por las clases! Recuerdo una habitación grande y luminosa. Y a su perrito Lázar. ¡Era una criatura tan entrañable!

—Aquí lo tienes —dijo Valeri, acercándole a su hermana el cuaderno—. El hombre que me lo entregó se parecía muchísimo a Gab.

Valeri está tan agotado que se le traba la lengua. Lleva a cuestas dos noches agitadas en un hotel de Varsovia. Ira acompaña a su hermano a la habitación de matrimonio que comparte con Mykola, y que antes había sido el cuarto de su querida Irina Vasílivna. Mykola se va al salón a ver la televisión con una copa del whisky que Valeri ha comprado para la familia en el Duty Free de Varsovia. Irina, en cambio, se dirige al despacho del padre a leer su autobiografía. Le espera una noche entera en vela.

* * *

Quizás creáis que Iván Ivak ya ha dicho todo lo que tenía que decir y que por fin podrá descansar en paz. Pero el destino, siempre caprichoso e implacable, le impide reunirse con su querida Liuba. No, aún no lo ha contado todo. Hace poco volvió a sufrir otro ataque de asma, de esos a los que solo sobreviven los que llevan una gran carga en el corazón. Por eso Iván Ivak seguía yendo a trabajar a la que, en su tiempo, fuera una editorial respetable, y cuyo volumen de trabajo, tras la caída del País de los Sóviets, se había reducido a cinco obras al año, en su mayoría costeadas por los propios autores. El espacio también se había reducido al tamaño de un pequeño cuarto abarrotado de libros. El resto de estancias que habían pertenecido a la editorial estaban arrendadas a todo tipo de compañías privadas que las habían reformado. El cuartucho de la editorial era el que estaba en peor estado. Pero la editorial seguía agonizando, con Iván como único empleado, si descontamos al portero que, después de la caída de la Unión, dejó de llamarlo «camarada Verdugo» para pasar a un menos soviético «señor Verdugo».

Iván iba a la editorial casi todas las tardes y se quedaba hasta bien entrada la noche. Su hijo Valeri vivía desde hacía tiempo en el extranjero, y llamaba a casa de vez en cuando. Y su hija Irina-cocina vivía con su esposo y su hijo en el apartamento paterno, el mismo gracias al que, en cierto modo, había sido engendrada. Su madrina era nuestra antigua vecina del apartamento comunitario, Irina Vasílivna, quien, en sentido literal, había cedido su lugar a nuestra hija.

¿Siente Irina Burkó, de la saga de los Ivak, algún tipo de inquietud por los fantasmas del pasado, que seguirán habitando el edificio gris del centro de la capital mientras este siga en pie? Todo indica que no. A ella le preocupan otros problemas cotidianos, y no los viejos dramas de sus padres. Tampoco le interesan los derechos de autor de su padre escritor, la verdad. Al fin y al cabo, tampoco era Bulgákov.

Cuando la vida en la Unión Soviética empezaba a cambiar a velocidad vertiginosa y el país aún no se había desmoronado, Iván recibió el trabajo de un eslavista estadounidense que había analizado su relato *El verdugo.* El científico concluía que el autor no lo había escrito para congraciarse con el sistema soviético, sino para burlarse de él. Es decir, había descifrado su intención real. Ivak se sintió satisfecho. Pero continuó leyendo y encontró algo más. El experto norteamericano dudaba de que el autor de *El verdugo* hubiera estado implicado en las represiones, ni como víctima ni como verdugo, pues las realidades descritas en su texto no coincidían con la terrible verdad revelada por la avalancha de literatura documental de la época de la perestroika. Lo afirmaba con tal convicción y rotundidad que daban ganas de leer el relato de Iván Ivak y conocer al autor en persona. Iván se llevó aquella revista americana al trabajo y, de vez en cuando, la hojeaba.

Iván sueña con volver a encontrarse con Vira. Aunque solo sea una vez más. Ella le habría ayudado a terminar su libro. Hubo un tiempo en que siempre aparecía apenas la llamaba en sus pensamientos. Pero hacía ya veinte años desde la última vez. Él mismo se pregunta si ha existido realmente.

No sabe ni cuál es su apellido, ni tiene ningún objeto suyo como recuerdo. Pero fue precisamente ella quien le regaló el disco de Milva, el mismo que ahora pone en el tocadiscos. Suena *El violín gitano,* la melodía de fondo de tantas y tantas páginas de este cuaderno. Pero llegó un día en que Iván se estancó y dejó de saber cómo continuar su libro. Parecía que solo Vira, desde aquella antigua mansión derruida de la calle Ovrutska, podría sacarlo del atasco. Las personas en las que uno piensa mucho terminan, inevitablemente, por aparecer. Pero Vira no aparecía. Vira, Vira, ¿dónde estás?

En lugar de Vira, a Iván se le apareció inesperadamente otra persona del pasado. Y esa aparición desató los nudos de aquellas cuerdas mágicas que lo mantenían ligado y que le impedían escribir la que, quizás, sería la página más importante de sus memorias.

Iván regresaba a casa a las tantas no solo porque le gustara trabajar de noche, sino también porque su nieto Mijás o su yerno Mykola tenían la costumbre de ocupar su despacho por las tardes. En más de una ocasión, cuando él volvía a su cuarto, alguno de los dos se levantaba a regañadientes del escritorio. Por eso Iván prefería volver cuando estaba seguro de que ya se habían acostado. Pero por la mañana, cuando ya se habían ido todos, Iván solía sentarse un rato delante del escritorio antes de irse al trabajo. Mykola, que para entonces trabajaba de periodista, tenía por costumbre dejar la mesa llena de papeles, entre ellos las tarjetas de visita de las personas con las que trataba. A veces, Iván cogía mecánicamente alguna de aquellas tarjetas. Un día se topó con una que le dejó completamente estupefacto; se pasó casi una hora leyéndola y releyéndola sin llegar a comprender cuál era el sentido de aquellas palabras tan claras combinadas de una forma tan increíble:

Serguí Oleksíiovych Jarch
Presidente del Fondo de Ayuda a las Víctimas
de Torturas durante las Represiones.

Al principio, Iván pensó en preguntarle a Mykola qué clase de organización era esa, qué sabía de ella, y quién le había dado la tarjeta. Pero finalmente se limitó a copiar en silencio los teléfonos en un papel. Al día siguiente fue a la editorial y marcó uno de los números desde el teléfono de su oficina.

—Fondo de Ayuda a las Víctimas de Torturas durante las Represiones, ¿dígame? —pronunció una voz femenina, clara y melodiosa.

Iván, asustado, colgó el auricular. A los pocos minutos, una llamada rompía el silencio casi permanente del teléfono de la editorial. ¿De qué tengo miedo? ¡Basta ya de temer! Iván levantó el auricular:

—Editorial, ¿dígame?

—Acaba de llamar al Fondo de Ayuda a las Víctimas de Torturas durante las Represiones, ¿verdad? ¿Puedo ayudarle en algo? —preguntó aquella misma voz femenina y dulce.

—Sí, me gustaría hablar con mi viejo amigo Serguí Jarch —respondió Iván Ivak—. Les acabo de llamar, pero justo en ese momento he recibido una visita. Perdone por haber colgado así de golpe.

—No se preocupe —contestó la mujer con amabilidad—. Su número ha quedado registrado en nuestro sistema, no nos cuesta nada devolverle la llamada. Serguí Oleksíiovych está ahora de viaje. Regresará en unos días e, inmediatamente, se pondrá en contacto con usted.

Aún no había decidido si realmente quería hablar con él. Pero si no hubiera querido, no habría marcado ese número. Y una vez marcado, ya no había vuelta atrás. Y, efectivamente, en unos días el hombre se puso en contacto conmigo. ¡Ahora sí que estoy seguro de que terminaré de escribir mi libro! A veces, la ayuda llega de aquellos que solo parecían estar destinados a hundirte.

El capitán ya retirado Serguí Jarch surgió de la nada y arrastró a su viejo amigo a un pequeño restaurante de la calle Prorizna. Pidió una copa de coñac del bueno para cada uno, y dijo:

—¿Te acuerdas del sabor del coñac que bebíamos a la salud de las almas de los ejecutados? ¡Prueba, es el mismo! ¡Ya sabes que yo nunca voy a sitios malos!

Lo probé y, en efecto, era el mismo coñac que el de la sala Menos Treinta y Uno bis. Fue Walter Falke quien acostumbró al muchacho del arrabal a distinguir los sabores de los buenos alcoholes, ya fueran vinos o aguardientes.

—¿Y te acuerdas de los ataúdes en los que el País de los Sóviets enterraba a nuestros muertos? ¡Y eso que eran enemigos!

—Ahora dicen que no eran enemigos, sino, al contrario, gente honrada y valiente —replicó Ivak.

—Sí, hace tiempo que lo dicen. Pero ¿qué más da? Entonces eran nuestros enemigos, ¿no? Y en qué ataúdes los sacaban de la sala Menos Treinta y Uno, ¿eh? En cambio, ahora... A mi cuñado lo enterraron en una bolsa de plástico, ¡qué vergüenza, de verdad!

Serguí empezó a quejarse de la miseria en la que nos habíamos hundido tras la desaparición de la Unión Soviética, aunque a él, por lo visto, tampoco le iba tan mal.

Serguí Jarch recordaba el pasado con toda la naturalidad del mundo. Se sabía de memoria los nombres de todos aquellos condenados que, para Iván Ivak, eran indistinguibles... ¡Dios mío! Disculpadme. Eran como un solo hombre, quería decir. Aunque, en realidad, Ivak solo era capaz de recordar a dos de los condenados. El primero era una mujer, y el segundo... ¿es posible que también fuera una mujer?...

—A veces enciendo una vela por el descanso eterno de sus almas. Incluso envío sus nombres para que los incluyan en los rezos —contaba con sobriedad—. ¿Por qué no pedimos algo para comer? ¿Nos pone un poco de ensalada y una hamburguesa para cada uno? —Pidió la comida y no dejó que Iván pagara—. ¿Sabes que los busqué, y que los encontré a casi todos? En aquel momento no sabíamos ni por qué los ejecutábamos. ¿Te acuerdas de aquella loca? También la encontré. Bueno, me refiero a su expediente.

—¿Y a aquel hombre? ¿O era una mujer?...

—Aquella persona no constaba en ningún archivo. ¡No e-xis-tí-a!

Antes de contarles quién era AQUELLA persona y aliviar definitivamente su alma, Iván Ivak desearía hablarles de otro día importante de su vida. Un día clave, decisivo, de esos que marcan el rumbo posterior de la vida y las ideas futuras en la mente de cualquiera. Fue el día en el que Iván Ivak se despidió de los órganos de seguridad del Estado. En aquella época echaban a mucha gente. El País de los Sóviets ya no necesitaba a tantos caballeros del frente invisible. Además, Iván Ivak presentó un certificado médico oficial en el que se acreditaba la gravedad de su neumonía crónica. Su retiro había sido aprobado, y solo quedaban algunas formalidades.

Estoy convencido de que la entrevista final se la hizo aquel mismo oficial que, doce años atrás, había ido a su instituto a reclutar a pobres muchachos como él para la academia del NKVD. Ahora tenía un rango superior y estaba el doble de gordo. Entonces siseaba como una serpiente, y esta vez se dirigía a Ivak con gran cortesía, pero con contundencia.

Le dio instrucciones claras respecto a la no divulgación de secretos de Estado, e Iván firmó decenas de páginas que le comprometían a guardar silencio sobre todo lo que había visto y oído.

—La normativa es particularmente estricta en lo que se refiere a la divulgación de información sobre fenómenos que pudo haber presenciado en acto de servicio y que podrían ser calificados de sobrenaturales. En caso de revelación de secretos de Estado de máxima seguridad, nuestro servicio, que no dude de que se enterará de todo, podrá eliminar al divulgador sin causa ni proceso judicial. Y no solo al divulgador, sino también a cualquiera de los miembros de su familia. Firme, camarada Ivak, conforme ha sido advertido.

Iván Ivak firmó doce ejemplares de un compromiso de confidencialidad que era al mismo tiempo una auténtica sentencia de muerte, en caso de que contara a quien fuera lo que se le había revelado aquella noche de abril de 1949 después de Cristo. No después de su nacimiento, sino de su resurrección. Así, el hombre que recogió sus firmas consiguió bloquear en su memoria el acceso a aquella noche de abril de 1949. Solo el capitán ya retirado Serguí Jarch, sin proponérselo, desbloqueó lo que aquellos habían bloqueado con tanto oficio.

Pero ahora ya sí, ahora el escritor Iván Ivak puede contar lo que sucedió aquel día en el que el sargento Iván Ivak fue testigo en la sala Menos Treinta y Uno de un hecho «sobrenatural». O, ¿quién sabe?, quizás fuera la manifestación más elevada de lo natural.

… Aquella noche, como de costumbre, el sargento Iván Ivak siguió el protocolo a rajatabla. Nada hacía pensar que aquella sería una noche diferente a cualquiera de las otras en las que hacía guardia en la sala Menos Treinta y Uno. Por aquel entonces Ivak aún tenía la costumbre adquirida en la guerra de dormirse profundamente bajo cualquier circunstancia. Se tapaba la cabeza con la almohada y se dormía, por mucho que los cañones no dejaran de retumbar. Dormía, y luego hacía el turno de noche. Pero aquel día, en el patio frente a su dormitorio, una mujer gritaba como una histérica y no había nada ni nadie que consiguiera tranquilizarla. Liuba siempre se preocupaba de que su marido durmiera un poco antes del turno de noche. Salió varias veces al patio e intentó, junto a otros vecinos, calmar a aquella escandalosa; pero la mujer seguía gritando como una loca. Es posible que estuviera loca de verdad, pero aquello no importaba entonces. Lo importante fue que Iván no pudo descansar como le hubiera gustado.

Quizás por eso se sentía aturdido, y sus gestos, habitualmente tan automáticos tras tantas guardias, eran entonces torpes. Aún le quedaba por comprobar que, en la carpeta roja con el escudo que estaba encima del escritorio en una esquina de la sala, en efecto se encontraba la cuartilla con la sentencia de muerte. Todo parecía estar en orden. El nombre en el texto de la sentencia, sin embargo, se hendió como un cuchillo en lo más profundo de su alma. Gabriel Deus, leyó el nombre del condenado o, como le pareció entonces, de la condenada.

Otra vez una mujer, pensó; había visto una película de guerra en la que una de las protagonistas se llamaba Gabriel, y se inquietó. Y no porque ahorcar a mujeres fuera peor que ahorcar a hombres; los enemigos habían sido sentenciados por la Unión Soviética, y si el enemigo era mujer su destino debía ser el mismo. En el País de los Sóviets hombres y mujeres eran iguales ante la ley. ¡Gabriel Deus! ¡Solo por el nombre ya merecía la horca! ¡Era una espía extranjera! Pero

¿de qué servicio? Del francés, ¿verdad? ¡Malditos franceses! ¡Enviaban espías a la Unión Soviética cuando en la guerra fuimos sus aliados!

A Ivak le disgustaba tener que ahorcar a una mujer. Muy pocas mujeres llegaban a la sala Menos Treinta y Uno pero, cuando lo hacían, daban el triple de problemas que los hombres. Meses atrás, hubo una mujer. Sus gritos resonaban por todo el pasillo, y ni los guardias ni el vigoroso Serguí Jarch podían acallarla. Se resistía, se arrancaba el uniforme de carcelaria de su cuerpo sucio y roñoso, y no paraba de gritar como una posesa... Se escabullía de los guardias, que se alegraban de que finalmente acabara en la sala Menos Treinta y Uno y fueran otros los que cargaran con el muerto. Jarch e Ivak estuvieron casi media hora persiguiendo a aquella delincuente por la sala Menos Treinta y Uno; corría como una ardilla salvaje y desesperada, igual que aquella que un Iván adolescente había atrapado, quién sabe cómo, en el bosque de Kyryliv y, quién sabe por qué, había llevado a su casa del arrabal.

Serguí Jarch no sabía qué hacer y le gritaba que la mataría, cosa que, por cierto, estaba absolutamente fuera de lugar... Y entonces Iván Ivak tomó la iniciativa, atrapó a la condenada, la levantó en brazos, la llevó hasta la horca, y consiguió colgarla de la soga y ponerle la capucha con una sola mano. La mujer enmudeció al instante y quedó colgada como un peso en la cuerda, dejando la celda con una sensación de alivio el triple de intensa que de costumbre. Entonces Jarch, desconcertado, dijo que no había leído la sentencia. ¡Qué desastre! ¡Había que seguir siempre el protocolo! ¿Y si les llegaba una inspección?

Y ahora, otra vez, traían a la sala Menos Treinta y Uno a una mujer con nombre extranjero. Entonces pensó: ¿y si es un hombre? Era un individuo de mediana edad, de estatura y complexión también media, con un pelo que no era ni rubio ni moreno, sino de color ceniza. Su cabellera era abundante, y no había ni rastro de calvicie. La mayoría de los hombres maduros son algo calvos, si no es que tienen una extensa clara apenas cubierta con cuatro pelos. Pero este tenía un cabello abundante, recortado por la nuca, y espeso sobre la frente. En cambio, la anterior lo tenía largo y sucio; el tacto se le quedó grabado en la memoria de cuando la arrastraba hacia la horca. Pero no era la longitud del cabello lo que distinguía a aquella persona llamada Gabriel Deus de aquella otra mujer, cuyo nombre no conseguía recordar; era su estado sorprendentemente tranquilo, y que no irradiaba aquellas insoportables ondas de pánico que solían penetrar por la puerta cerrada de la sala Menos Treinta y Uno cuando el condenado era conducido por el pasillo. Si era mujer, parecía un hombre, porque llevaba pantalones y el cabello era muy corto por detrás. ¡Pero qué sonrisa tan burlona tenía, y qué destellos igualmente burlones irradiaban sus ojos!

—Veo que lo tienen todo a punto —dijo Gabriel Deus socarronamente, señalando con la cabeza el ataúd, con una voz que uno diría masculina. O quizás fuese femenina, pero grave.

—¡Compórtese, condenado, y cíñase al reglamento! —ladró Serguí Jarch.

—Querido, según su propio reglamento, deberían permitirme rezar antes de… —El condenado señaló la soga sobre el pedestal y chasqueó la lengua de una manera muy curiosa.

—¡En la Unión Soviética no hay Dios que valga! —ladró de nuevo Jarch.

—En la Unión Soviética hay libertad de conciencia, joven. Como yo no soy miembro de su Partido, tengo todo el derecho del mundo a creer en Dios.

—¡A su derecho no le quedan más de cinco minutos, condenado!

—Y justamente durante esos cinco minutos tengo derecho a rezar a mi Dios. Algún día también le llegará a usted la hora, ¿verdad? ¿O es que en el País de los Sóviets se premia a los ejecutores con la inmortalidad?

Jarch no supo qué replicar, así que cogió a Gabriel Deus del brazo para arrastrarlo hasta el pedestal. Pero la persona llamada Deus logró escabullirse suavemente, aunque con decisión, y señaló el reglamento bajo el cristal de la pared, que Iván Ivak siempre limpiaba con esmero mientras esperaba a que llegara Serguí Jarch junto al condenado. Pero ninguno de los dos había tenido el detalle de leérselo nunca.

—¿Lo ve? Aquí tiene el protocolo de conducta en la sala Menos Treinta y Uno, que deben cumplir tanto los condenados como los ejecutores. Lea el párrafo uno del punto tres, si es que no han tenido oportunidad de leerlo antes. Que ninguno de mis predecesores se acogiera a esta norma y a este derecho no significa que no sea válido. ¡Fue aprobado por un tribunal del País de los Sóviets! ¿O acaso quieren que la prensa burguesa arme un escándalo por violación de los derechos humanos en la Unión Soviética?

Un aterrorizado Jarch se acercó al cristal y empezó a leer en voz alta:

—El condenado tiene derecho a un último deseo, de entre los de la siguiente lista. Primero: rezar una oración de despedida de cualquier culto religioso, durante la cual los ejecutores de la sentencia deberán guardar silencio. Segundo: beber cien gramos de una bebida alcohólica de entre la carta de la sala Menos Treinta y Uno bis, siempre que no supere los cuarenta grados. Tercero: beber doscientos mililitros de té a una temperatura no superior a los setenta grados centígrados.

Cuarto: escribir una carta, a lo sumo dos, de no más de veintidós palabras cada una. Quinto: fumar un cigarrillo con o sin filtro, según deseo del condenado…

—¡No me dirá que no se lo pongo fácil! —interrumpió el condenado—. Me quedo con el primer punto. Ni me fumaré un cigarrillo, ni con filtro ni sin filtro, ni escribiré ninguna carta ni tampoco me tomaré ninguna taza de té. Si quiere, se pueden beber ustedes mismos mis últimos cien gramos. Pero exijo el derecho a una última oración —dijo con una sonrisa y guiñando el ojo la persona llamada Gabriel.

Esta vez, sin embargo, sonrió sin ironía y con un gesto de ligero desconcierto. Yo la observaba sin pensar en nada, como cuando uno lee un libro realmente interesante o ve una película o un espectáculo que lo absorbe por completo. Solo después me pregunté por qué ni Jarch ni yo la cogimos y la arrastramos al pedestal sin permitirle cumplir con su último deseo. Éramos dos hombres hechos y derechos, frente a una persona consumida por la prisión, fuera hombre o mujer. ¿Qué pudo paralizarnos, a nosotros, dos soldados del frente invisible? Seguramente, que actuaba siguiendo el reglamento, porque se sabía las normas de conducta, tanto la suyas como las nuestras, mucho mejor que nosotros mismos.

La persona llamada Deus se arrodilló de espaldas a los ejecutores y de cara a la horca. Guardó un momento de silencio, apenas un minuto, pero a nosotros, sus verdugos, se nos hizo eterno e insoportable. Cuando Jarch hizo un movimiento casi imperceptible hacia ella, e Ivak hizo otro igual de discreto para detener a su camarada, «¡después de todo, tenía derecho a cinco minutos!», entonces aquella persona empezó a cantar, o quizás simplemente a pronunciar con tono melodioso, unas cuantas frases en una lengua incomprensible, de rodillas y con los brazos levantados en alto.

Aún hoy desconozco a qué religión pertenecía aquel rezo. No se parecía en nada a un himno cristiano, aunque es posible que no supiera reconocerlo. Por aquel entonces era un auténtico ignorante en materia de religión, y tampoco es que hoy sea un experto. ¿Sería una plegaria musulmana? ¿Judía? ¿Budista? ¿De algún culto pagano o neopagano? Lo único que puedo decir es que me causó una impresión indescriptible. Habría pagado el precio que fuera, habría dado todo lo que tenía por volver a escuchar aquel canto. Pero no sabría ni por dónde empezar, no tengo ni una sola pista que pueda ayudarme a descifrar de qué himno se trataba, qué es lo que decía, y en qué lengua lo hacía.

—Estoy a punto, muchachos —dijo Deus bajando los brazos, pero aún de rodillas. Ivak y Jarch se acercaron al condenado, lo cogieron de los brazos y lo condujeron al pedestal, del que pendía la soga. Lo llevaban entre los dos; el guion se había roto, y una escena repetida docenas de veces ahora se desarrollaba de un modo completamente distinto al habitual.

—¿Y la sentencia? —preguntó el condenado—. ¿Por qué nadie lee la sentencia?

Jarch recitó aquellas palabras consabidas ya sin el descarado entusiasmo juvenil con el que solía proclamarlas antes, trabándose e incluso perdiéndose entre el texto. Cuando llegó al nombre de la persona que tenía delante, volvió a trabarse y pronunció algo parecido a «Gavriel De Vus». Y la persona, a la que le quedaba poco tiempo antes de perder para siempre su nombre, respondió con un sonoro resoplido a aquella pronunciación tan estrambótica.

Cuando finalmente acabó de leer la sentencia, Ivak acompañó a la víctima hacia la horca. No opuso ninguna resistencia. Subieron juntos al pedestal. Ivak sacó la capucha, que estaba prudentemente colocada dentro de la soga, y trató de ponerla en la cabeza de «Gavriel De Vus».

—No se moleste, joven, no es necesario —respondió Deus—. Eso es solo para los que temen mirar a la muerte de frente. Y yo no le tengo ningún miedo.

Ivak lo ignoró e intentó ponerle de nuevo la capucha.

—Según el reglamento, es el condenado y no el verdugo quien decide si se le encapucha o no.

Deus se apartó bruscamente y la capucha cayó al suelo. Entonces, con las manos temblorosas, Ivak pasó la soga por aquella cabeza de espesa cabellera.

—¡Así me gusta! Un verdadero guerrero no debe temer ni al rostro amoratado del enemigo ahorcado ni a sus pantalones manchados de mierda.

Ivak no saltó del pedestal como tenía costumbre, sino que bajó de él tropezando con quién sabe qué y respondiendo con una patada a la estructura de madera. Y Jarch se olvidó por completo del *Con paso firme, camaradas.*

Ivak dio un paso atrás y, por primera vez en su vida como verdugo, se cubrió el rostro con las manos. Pero en seguida se estremeció y las retiró, porque, en lugar del típico silbido se oyó un golpe seco. La cuerda, que colgaba del techo, se había arrancado junto con el gancho. Jarch, asustado, abrió la puerta y gritó a los guardias:

—¡Rápido, venid!

—Esta vez no habéis puesto la música —dijo uno de los guardias que entró corriendo a la sala Menos Treinta y Uno junto a su compañero.

El resplandor diabólico en los ojos de la persona tendida en el suelo era tan burlón como antes de la caída. El golpe había sido realmente fuerte, y ya no había manera de volver a ahorcarlo: un trozo de hormigón había cedido del techo junto al gancho.

Entonces empezó el ajetreo. Se oyeron unas sirenas, y sacaron a la persona llamada Gabriel Deus de la sala Menos Treinta y Uno, y no en un ataúd, sino en una camilla; y no con los pies, sino con la cabeza por delante.

¿Adónde se llevaron a esa persona, fuera hombre o mujer? ¿Adónde se llevaron a Gabriel Deus o Gabriela Deus? Aún hoy, hay veces que, sin querer, me pregunto dónde estará. La niebla del pasado se esparce por todos lados; es la misma niebla lechosa que atravesamos Walter y yo cuando fuimos al pueblo de la abuela Yavdoja a por patatas. Y me pregunto: ¿qué clase de persona era, si es que realmente era una persona? Luego vuelvo en mí y recuerdo las doce copias de aquel documento. Y así ahuyento no solo los pensamientos, sino también cualquier germen de ellos. Lo hacía incluso en aquellos tiempos en los que ya todo era irremediablemente diferente.

Pero es imposible destruir el recuerdo de aquel día, o, mejor dicho, de aquella noche, que permanecerá en mi interior mientras viva. Entonces todos desaparecieron, como desaparecía el convoy con el ataúd. Pero esta vez el ataúd se quedó en la sala Menos Treinta y Uno, e Ivak y Jarch, como siempre, se fueron a beber té a la sala Menos Treinta y Uno bis. Pero ¿a quién le podía apetecer entonces un té, por mucho que el hervidor y la tetera de loza con la infusión estuvieran ya preparados? Ahora entiendo para quién preparaban el té aquellas mujeres invisibles que luego se dedicaban a limpiar la habitación donde se llevaban a cabo las ejecuciones.

—Pero, a ver, ¿tú qué crees? ¿Era un hombre, o una mujer? —preguntó Ivak.

—No tengo ni idea. Ella, o él, lo que fuera, cayó antes de que pudiera fijarme en el bulto de sus pantalones, si es que era un hombre, claro. Sea quien fuera, sobrevivió y puede testificar que no cumplimos con el reglamento…

—¿El reglamento?

—Nunca les ofrecimos a nuestros clientes los cien gramos que les correspondían por su valentía —dijo Jarch con sarcasmo.

—¿De qué cien gramos hablas? ¿Y de qué valentía? ¿No te acuerdas de cómo llegaban? Estaban más que muertos. De poco les hubiera servido el té, el vodka o los cigarrillos…

—O rezar —completó Jarch.

—Ahora sí que me tomaría algo. Pero no té.

—Sí, claro, yo también. ¿Qué prefieres? ¿Vodka? ¿Coñac? También tenemos whisky, por si algún espía caprichoso tiene un último deseo. —Jarch abrió de par en par la puerta de un armario repleto de botellas de alcohol—. ¡Todo esto es para ellos, para nuestros malditos enemigos! Escucha, deberíamos llevárnoslo todo ahora mismo, para que no quede ninguna prueba de que nunca cumplimos con los últimos deseos de los enemigos del País de los Sóviets. Tengo que confesar que ya me he llevado algunas botellas. Pero hay que vaciar el armario entero, que solo quede este coñac a medio beber. El whisky me lo quedo yo. Tú llévate el vino. Os lo bebéis Liuba y tú. Era el que reservábamos para las mujeres, si es que a alguna le apetecía un trago antes de… —Jarch hizo un gesto elocuente, chasqueó la lengua y le acercó una botella de vino Kindzmarauli—. Y toma, esto también. —Y le tendió varios paquetes de cigarrillos Herzegovina Flor.

—No fumo, Serguí.

—Yo tampoco. Pero este es el tabaco que se habrían fumado nuestros fiambres antes de convertirse en fiambres.

—Sírvenos un poco más de aquel coñac.

El líquido dorado gorgoteó en las copas. Los dos verdugos se pusieron en pie, pero en esta ocasión Jarch no soltó su habitual «¡Que descanse en paz!» y se limitó a suspirar.

Bebieron en silencio. Era un coñac excelente, que Iván supo apreciar pese a que la situación no invitaba a saborear nada. Décadas después, Iván Ivak volvió a beberlo y recordó aquel sabor. De hecho, hace poco, en un bar de la calle Prorizna, Ivak reconoció de inmediato aquel sabor y aquella misma sensación, cincuenta años después.

—¿Y qué fue lo que hizo el tal Gabriel?

—No sé —se encogió de hombros Jarch—, ¡creo que envenenó la leche en una guardería! Veintiocho niños murieron en el acto, y otros treinta y siete al caer la tarde en el hospital.

Aquel fue el último turno nocturno de Iván Ivak. Repito, era un mes de abril de 1949, una noche de sábado a domingo. Y cuando Iván salió del sótano y respiró el aire fresco de la calle, las campanas repicaban con fuerza a lo largo de la calle Volodímyrska. A pesar de que eran las tres o las cuatro de la madrugada, la calle estaba llena de gente. Cerca de la ópera se le acercó una mujer y le gritó: «¡Cristo ha resucitado!». Iván se llevó el dedo a la sien. ¿De qué Cristo habla, idiota? ¡¿No sabe que estamos en el País de los Sóviets?! Pero a los pocos años, él mismo renovó aquel terrible juramento según el cual, ni siquiera en sueños, ni para sí mismo, nunca, a nadie… Porque, en cualquier momento, los servicios secretos organizarían un accidente de coche, o un desastre aéreo… y no les temblaría la mano para derribar un avión entero lleno de gente inocente y eliminar a quien se atreviera a decir una sola palabra sobre Gabriel Deus…

Así acabo la historia de Gabriel Deus, de quien ni siquiera tuve la oportunidad de hablar con Vira. Porque, tengo que confesarlo, yo, pecador de mí, a veces me preguntaba: ¿y si esa tal Vira era en realidad una agente de la policía secreta del País de los Sóviets? Era tan independiente, tan atrevida. Se comportaba con una altivez insólita entre las mujeres solteras del

País de los Sóviets. Y, al parecer, no tenía trabajo conocido. Al menos, nunca dijo que lo tuviera cuando yo se lo preguntaba. Pero ella, como yo, también podía ser alguien con vocación artística. ¿No fue precisamente ella la que introdujo a mi pequeña Ira en el apasionante mundo del arte dramático?...

* * *

Todo lo que dice es cierto —susurró Irina sobre el cuaderno de su padre—, yo quería ser actriz. Era una estudiante excelente, pero no llamaba la atención de nadie. Y yo tenía el deseo inconsciente de ser actriz; de cine, claro. ¡Y entonces sí que llamaría la atención! Porque todo el mundo se quedaba embelesado mirando los carteles del cine Komsomólets, en la calle Sverdlova, donde ahora está el Teatro Joven en Prorizna.

Aquella profesora de arte dramático dedicó un año entero de su vida a enseñarme. ¡Qué pedazo de mujer! Había algo en ella que no era de este mundo. Y, al mismo tiempo, tenía un profundo sentido de la realidad. Siempre pensaba en ir a verla. Pero nunca fui, ni siquiera después de entrar en la universidad. Pero creo que aquí papá se confunde. Era imposible que fueran compañeros de clase. Era a mediados de los setenta. Ella misma me dijo que, por aquel entonces, tenía treinta y dos años y estaba comprometida. ¿Comprometida? ¿Tan tarde?, pensé, sorprendida. En aquella época, una mujer soltera de su edad era vista como una solterona, o sea, tenía muy poco valor. Y yo valoraba a mi profesora. A mí me ayudó muchísimo, de verdad. Sí, vivía en una habitación de un piso comunitario en la calle Artema; era tan acogedora que nunca quería irme, y ella tampoco echarme. Sí, era uno de aquellos edificios grises, pero no se llamaba Vira, sino Sofía.

Sofía Volodímirivna. Me sabía su patronímico, pero no tenía ni idea de cuál era su apellido. Mi padre tampoco. En esto también se confundió. O tal vez cambió el nombre a propósito o fusionó a dos mujeres en una sola. Al fin y al cabo, se trataba de una obra de ficción y no de un documental. Una especie de autoficción. Como autor, tenía derecho a hacer lo que quisiera. Pero, aun así, el libro de papá resultó..., ¿cómo decirlo suavemente?..., mejor que todo lo que había escrito antes.

* * *

Vira[1] mía, si lees estas líneas, perdóname por haber malpensado de ti. La fe, cuando es verdadera y no una simple escenificación ritual, es difícil de encontrar. Sé que tú continúas igual de joven, por mucho que seamos de la misma edad. No tengo ni idea de dónde te escondes. Quizás sigues viviendo en esta ciudad. O a lo mejor te has marchado. No sé si el último libro de Iván Ivak llegará a publicarse. Pero estoy seguro de que tú lo leerás.

Ahora sí, Iván Ivak ya ha contado todo lo que tenía que contar sobre sí mismo. Sin embargo, sigue viniendo aquí. Sabe que en casa no le espera nadie. También sabe que, aunque mantiene una buena relación con su hija, su yerno y su nieto, en el fondo se alegrarán de su muerte. Como él y Liuba se alegraron paulatinamente de la muerte de Irina Vasílivna. Pero, mira por dónde, parece que su hijo Valeri sí que lamentó sinceramente la muerte de la mujer de la limpieza. Uno solo echa de menos a una persona mayor cuando ha tenido una relación espiritual realmente especial con ella.

1 *Vira* es «fe» en ucraniano. *(Nota de los traductores).*

Si somos sinceros con nosotros mismos, y con Dios, es algo que ocurre muy raramente. Y hay que admitir que Valeri no tiene una relación así con ningún miembro de su familia.

* * *

Pero, papá, ¿qué dices? ¿Por qué eres así? ¡Nunca quisimos echarte de casa! Había sitio de sobra para ti, para Mijás y para Mykola. ¡Siempre me comprendiste! Siempre hiciste todo lo posible para comprarme ropa buena. Sí, lo sé, ahora suena ridículo, patético. Pero entonces era algo muy importante para las chicas soviéticas. ¡En tiempos de la Unión Soviética estaba convencida de que unos tejanos podían cambiarte la vida! ¡Y lo hacían de verdad! Mi primer novio, el que tuve antes de Mykola, apareció justo cuando llegó aquel paquete de la RDA. Entonces dijiste que había sido tu traductor. Entiendo perfectamente que no pudieras explicarme quién era aquel Walter Falke tuyo. Un tipo estupendo, por cierto, aunque vistiera el uniforme de las SS.

Siempre recordé con cariño nuestros paseos de «vamos a algún lugar donde no hayamos estado nunca». Gracias a ti, papá, sentí esta ciudad, la Ciudad de los Edificios Grises, realmente mía.

Irina giró la última página del manuscrito de su padre. Todas las hojas estaban escritas con la misma letra, solo que con tintas de diferente color. Las últimas las había escrito con la misma que el título, *El último deseo,* como si la idea del título se le hubiera ocurrido justo cuando escribía esta última página.

Irina recordó el día en el que, poco después de la muerte de su padre, fue a la editorial y el portero le dijo que el señor Verdugo —perdón, Iván Zajárovych, que en paz descanse—

se quejaba de que en la habitación de al lado sonaba *Con paso firme, camaradas.* ¡Era imposible! Todo el mundo devolvía las llaves, no se quedaba nadie por las noches, y tampoco podía entrar nadie en las oficinas sin pasar por delante del portero. ¿Y qué sentido tenía poner aquellas canciones revolucionarias? ¿A quién le importaban ya?

Irina y Mijás se encargaron de recoger las cosas del padre y abuelo. Ahora su tocadiscos está en el despacho de su casa, aquí mismo. Los discos extranjeros de 45 RPM también. Entre ellos, los de aquella espléndida italiana, Milva, con su atrevida melena pelirroja que tanto le fascinaba a su padre. Irina no logró hacer sonar el vinilo de Milva. Fue más rápido encontrar el disco de la cantante en Internet. Y entonces pudo oírse la potente voz de Milva cantar *Milord,* de Édith Piaf, y aunque Irina bajó el volumen, *«Mais vous pleurez, milord»* sonó a todo trapo durante medio minuto. Valeri entró en el despacho.

—Perdona, te he despertado.

—No te preocupes, no pasa nada. Ayer me acosté muy temprano, creo que ya he dormido lo suficiente.

—Acabo de terminarlo.

—¿Y qué te ha parecido?

—No está mal. Entretenido. Tiene cosas interesantes, de cuando éramos jóvenes, y niños. Habla de la Kyiv que conocimos y de la que no conocimos. De la Kyiv de antes de la guerra, que desde luego no llegamos a conocer. Y de la Kyiv ocupada. Me da pena por papá.

—¿Y por qué esa pena?

—Siempre fue un buen padre. Lo fue para mí, y creo que para ti también.

—Y fue un buen marido para nuestra madre, ¿verdad? —Valeri señaló con la mirada la foto de estudio en blanco y negro, o más bien sepia, de sus padres, en la que Iván aparecía con uniforme militar.

—Te pasabas todo el santo día torturándolo con aquello de «tú eras el que engrasaba la soga»! ¡Pero él te quería a rabiar! ¡E hizo todo lo que pudo por ti, dentro de lo que la realidad soviética le permitía! ¡Y tú no había manera de que lo aceptaras! No lo negarás, ¿verdad?

—No, no lo negaré. De hecho, nunca lo he negado.

—Te creo. Por cierto, si no vuelves a la cama, prepararé un poco de té.

Los dos hermanos hablaron hasta el amanecer. ¿Cuándo volvería a presentarse una oportunidad como aquella? Irina estaba segura de que lo que su padre había escrito no era una autobiografía, sino una autoficción. Su vida había sido de lo más aburrida. Y por eso había decidido escribir una novela así, inventándose todos aquellos giros dramáticos del destino. Robert Stevenson nunca fue pirata, y sin embargo escribió *La isla del tesoro.*

—Ira, ¿te acuerdas de *El secuestrado,* aquella película de la RDA? Era una adaptación de Stevenson, por cierto.

—¡Sí, papá la menciona en su libro!

—Pero ¿tú te acuerdas? La ponían en los cines a principios de los setenta, creo. ¿Y te acuerdas de que había un momento en el que ahorcaban a una mujer?

—¡Y entonces Alan Breck disparaba a la cuerda de la horca y la salvaba! ¡Sí, me acuerdo perfectamente! ¡Yo soñaba con que un hombre así me rescatara! ¡No me habría importado que me condenaran a la horca si luego venía alguien como él a rescatarme así! ¡Qué maravilla de película! El libro de Stevenson es un poco aburrido, no me digas que no, pero la película es genial.

—Pero a mí se me quedó grabado algo que papá no escribió. Aquel día, fuimos todos a ver la película. Y recuerdo la cara que puso papá cuando vio la horca. No pudo terminar de verla. Le entró tos, y se fue. Nos esperó fuera, en el vestíbulo del Komsomólets.

—¡Pero eso no prueba nada, Valeri! ¡Sabes que tenía neumonía crónica! Le podía entrar la tos en cualquier sitio..., ¡aunque estuvieran a punto de cortarle la cabeza!

—¿Así que no crees que en nuestro país se cometieran atrocidades como aquellas?

—¿Acaso es cuestión de creer? Sé que se cometieron, claro. ¡Pero todo sucedió de manera muy distinta! ¡En los sótanos del NKVD se les fusilaba, pero no se les ahorcaba! ¡Y tú también lo sabes!

—No, no lo sé, porque nunca estuve presente.

—¡Pero si en todos aquellos textos que leíamos durante la perestroika no había más que fusilamientos! ¡Y ni siquiera tenían derecho a un último deseo! ¡Los acribillaban sin dejarles descargar el vientre!

—¿Recuerdas el ensayo del difunto nobel Iósif Brodski? Pues él tampoco estuvo presente.

—¿Y sabes lo que dijo una vez papá, mientras leía un artículo en la *Ogoniok,* la revista de la perestroika? Dijo que ya había leído eso en el *Ukrainske Slovo* durante la guerra.

—Precisamente papá menciona ese periódico en su autobiografía, cuando habla de su relación con María. ¿Tú te crees lo que cuenta sobre la ocupación?

Ira suspiró. Y luego se fue a preparar el café de la mañana, porque el té de la noche hacía rato que se había acabado.

—Sea como fuere, Valeri, tú te crees las cosas más terribles que papá escribió sobre sí mismo, pero te entran las dudas, y yo no me creo nada de lo que escribió, pero tampoco puedo evitar que me entren las dudas. Una cosa sí que es cierta: el pasado desaparece sin dejar rastro, y es imposible recuperarlo. ¿Con documentos? Pero ¿qué dicen exactamente esos documentos? Que nació, se casó y, finalmente, murió. Y ya está. Tú mismo dijiste que, en los papeles del tío Les, nuestro abuelo Zajar Ivak figuraba como su padre, aunque según los documentos murió más de nueve meses antes de que naciera nuestro tío.

—Por cierto, ¿sabes si sigue vivo?

—Sí, incluso tiene página en Facebook, donde se hace llamar Iván Olésych.

Valeri e Irina se mantuvieron en sus trece, pero no discutieron. Y una foto sonriente de hermano y hermana en la cocina del edificio gris de la calle Chapáyev apareció de pronto en sus respectivas páginas de Facebook. Mijás y Lilit advirtieron de inmediato la presencia del dueño del apartamento en la gran capital.

Lilit y Mijás vivían rodeados de un mar de objetos inútiles que habían pertenecido a Valeri y Marina. En su huida precipitada de los Guibarián, aquella familia había abandonado casi todas sus pertenencias. Y ahora allá, al otro lado del océano, habían acumulado tantos tesoros que los antiguos ya no les interesaban. Pero, aun así, como legítimos dueños, les correspondía revisar y deshacerse de todos aquellos cachivaches. ¡Y si solo fueran las cosas de los antiguos dueños, aún! Cuando los padres de Mijás reformaron el piso de la calle Chapáyev (que desde hace tiempo tiene un nombre ortodoxo, aunque los Ivak-Burkó siguen llamándola por el del odioso mariscal soviético), también trasladaron allí, al edificio gris de Svyatóshyn, sus propios fárragos. Si no hubieran tenido ese recurso, seguro que habrían tirado muchísimas cosas, entre ellas la gabardina gris de fabricación china de Irina Vasílivna, con la que la mujer de la limpieza sacaba de paseo al pequeño Valerik, y que Liuba conservaba con cariño, aunque nunca se atrevió a ponerse aquel abrigo pasado de moda. Y la cosa no terminó ahí. Después de la muerte de su padre, Lilia arregló el piso de la calle Tolstói para ponerlo en alquiler, y en ese proceso trasladó a Svyatóshyn otra montonera de pertenencias, que también algún día habría que revisar.

Así pues, Lilia y Mijás viven en un espacio completamente saturado de pasado. Ninguno de los dos trabaja por dinero y desde hace años se dedican exclusivamente a sus propios proyectos. Y son los edificios grises de Kyiv los que les conceden una especie de beca para que puedan hacerlos realidad. Mike Burkó compone una sinfonía cíclica para órgano eléctrico con el título de *Ecos de Kyiv,* y publica todos sus progresos en su página de Facebook. Lilit Sarkisián, por su parte, está escribiendo una biografía documental sobre los Guibarián, una investigación independiente que prefiere hacer en solitario.

Lilia tenía sus propias razones para querer conocer toda la verdad sobre su familia. El tiempo transcurrido entre el día en que sus padres descubrieron su relación con Pavló y el suicidio de su madre fue un auténtico infierno. El febril deseo de desentrañar los secretos familiares fue lo que la ayudó a salir de ese infierno. Tuvo la suerte de resolver una gran parte de aquellos misterios y así protegerse. Después, aquel trabajo creció hasta convertirse en algo de más envergadura, la historia de los Guibarián en la Ciudad de los Edificios Grises. Y confía en que Dios la ayudará a llevar a cabo ese gran propósito. Por eso no teme, como Mike, que el tío Valeri los eche del apartamento.

—No vendrá —dice Lilia—. ¿De verdad crees que está dispuesto a hurgar entre toda esta basura?

—Si necesita dinero, vendrá. Y ni yo podré terminar mi sinfonía, ni tú tu libro sobre los Guibarián.

—Todo el mundo necesita dinero, Mike. La cuestión es cuánto. Creo que Valeri Ivánovych no tiene tanta necesidad como para hurgar entre todo este desastre. —Lilia señaló con la mano el caos de aquella vivienda que compartía con Mike—. Porque ¿quién se atrevería a comprar este apartamento, con todos estos enredos dentro? —añadió, señalando la habitación con la otra mano.

—¿Por qué no? Es un piso magnífico, de la época de Stalin, tiene los techos altos y habitaciones independientes. No sabes la demanda que tienen hoy en día.

—Pero antes de ponerlo a la venta o alquilarlo, habría que vaciarlo, ¿no crees? —Lilia hizo un gesto, ahora con ambas manos, indicando las montañas de cajas y fardos acumulados en las esquinas—. Podrías ir a Chapáyev, visitar a tu madre y a tu tío, y de paso traer el cuaderno del cachorro. Si tu abuelo consiguió escribir una autobiografía de verdad, allí debería mencionarse a los Guibarián. Quizás se cambió el apellido, pero estoy segura de que lo identificaré.

Lilia llevaba razón. Valeri Ivak no había viajado hasta Kyiv para vender el piso de Svyatóshyn. Además, era algo que tampoco podía decidir él solo. Tenían que venir también Pavló y Marina, pero ambos tenían planes de viaje muy distintos. Marina quería ir a Lisboa y Pavló al Caribe. Además, a Valeri no le apetecía volver al edificio gris en el que había pasado veinticinco años de su vida, a pesar de que estaba a una escasa media hora en metro.

—Mamá era de la misma opinión: «¿Para qué vas a ir, Vályk? No se te ha perdido nada. Quédate estos dos días con nosotros, ve a dar un paseo por el centro».

—¿Entonces no sabe que yo estoy aquí? —preguntó Lilia.

—No. Y mamá me pidió que, de momento, no se lo digamos.

—Así que los fantasmas del pasado todavía lo persiguen.

—Como a ti. Tú tampoco quieres hablar con Pavló.

—No es que no quiera, pero…

—El tío Valeri aún se siente algo incómodo por aquella vez que fuiste corriendo a su trabajo antes de que saliera, y él te llevó de vuelta a casa, con tus padres… Pero he traído el cuaderno. ¡Se sorprendió de que me hubiera enterado de su existencia! Como si él mismo no lo hubiera mencionado en la página de Pavló. Solo una cosa, Lilia: se marcha en un vuelo de madrugada dentro de tres días. Ya tiene el billete de vuelta. Deberíamos devolverle el cuaderno pasado mañana, a mucho tardar. Así que solo nos quedan dos noches.

—Nos quedan tantas noches juntos como queramos —sonrió Lilia—, pero no precisamente estas dos. Este libro se lee en una sola noche. Primero lo lees tú, luego voy yo.

—¿Quieres que empiece yo?

—Tú eres el legítimo heredero de su autor. Tienes derecho a ser el primero.

Mijás, que había leído muchos libros en su vida, pero nunca uno escrito por su abuelo, acabó la última obra de este en tres horas. E, instintivamente, al llegar a las últimas páginas de *El último deseo,* se envolvió en una manta, porque realmente sintió aquella corriente cósmica de la que Iván Ivak había hablado tantas veces.

* * *

—¿Sabes, Iván? Me he pasado la vida preguntándome quién podría ser —me decía hace apenas unos días Serguí Jarch en un bar de la calle Prorizna, sin esconderse ni preocuparse de quien se sentaba en la mesa de al lado, ni del resto de gente que llenaba el lugar a rebosar. Serguí Jarch, que había seguido en los servicios secretos hasta llegar al rango de capitán, hablaba sin tapujos de aquel condenado tan excepcional, que había mostrado tener algo de realmente sobrenatural y que se resistió a ser ahorcado—. ¿Sabes lo que pienso de verdad? ¡Que era un inspector!

—¿Y a quién podía estar inspeccionando?

—¿A quién va a ser? ¡A nosotros!

Iván se quedó sin palabras. Así que su viejo camarada Serguí Jarch buscaba la verdad en un lugar muy distinto al suyo. Para el capitán de los servicios secretos, las acciones del condenado Gabriel Deus no eran una manifestación de ningún poder sobrenatural, sino el resultado de su labor de inspector.

—Comprobaba si cumplíamos con el reglamento. ¿Por qué, si no, iba a ser tan insolente, atreviéndose incluso a rezar de rodillas de cara a la horca? ¿Recuerdas a los demás? Este se comportaba como un chulo fiestas. Porque sabía que no lo ahorcarían. Tal vez por eso hicieron que la cuerda se rompiera. Para que no sospecháramos nada, al menos en aquel momento.

—¡Pero al final no nos pasó nada! ¡Nadie nos sancionó!

—Porque llegó a la conclusión de que, en esencia, cumplíamos con nuestras obligaciones. Pero recuerda que nos degradaron y ya no volvimos a trabajar en el turno de noche. Y, de rebote, perdimos la prima de nocturnidad.

—Sí, tienes razón, pero yo me alegré de no tener que trabajar de noche.

—Yo no. Yo enviaba casi todo el dinero que ganaba a mi madre enferma y a mis hermanas. Con menos, claro, tuvimos que ajustarnos el cinturón. Y a ti, en lugar de un piso, te tocó una sola habitación, acuérdate. Y eso que estabas casado. Por cierto, ¿cómo está Liuba?

—Liuba murió antes de la caída de la Unión. Pero hacía tiempo que ocupábamos el apartamento entero. Tuvimos dos hijos.

—¡Lo siento mucho! ¡Liuba era una persona encantadora! Siempre me gustó.

No me apetecía hablar de Liuba con Jarch, así que volví al misterioso Deus. ¿De verdad que no había ningún expediente sobre él? ¿Había hablado de él con alguien más?

—¡El caso es que comprobé los datos! No inmediatamente, sino años después. Yo seguí trabajando allí durante mucho tiempo. ¡Fuiste tú el afortunado que decidió convertirse en escritor! ¡Y a vivir del cuento! Por cierto, ¿cuándo me vas a regalar alguno de tus libros?

Como si el capitán —a pesar de estar ya retirado— Serguí Jarch no supiera que en aquellos años los escritores del País de los Sóviets ya habían perdido por completo su condición de privilegiados.

—¿Qué es lo que comprobaste, Serguí? ¿Que nos estaban vigilando?

—¡Ese año no hubo ningún condenado llamado Gabriel Deus! ¡Nunca existió! A Susanna Marovska, aquella loca que tantos problemas nos causó, a ella sí la encontré.

—¿Y fue ella la que envenenó la leche de la guardería? —sonrió amargamente Ivak.

—En su apartamento se reunía gente que cantaba canciones antisoviéticas disfrazadas de himnos sobre la Gran Guerra Patria. Había razones de sobra para castigarla. También encontré a muchos de los nuestros. Entonces no sabíamos por qué los… Pero no había ningún Deus entre ellos. La única opción posible es que fuera un inspector. Y eso encaja perfectamente con su insolencia. ¿Quién más podía permitirse algo así?

—¡Pero se puso a rezar!

—¡Y yo también rezaba! ¡Padre nuestro que estás en los cielos! ¡Y me santiguaba! No me digas que tú no lo hacías. ¡Ahora voy a la iglesia todos los domingos! ¡Dios perdona, incluso a los grandes pecadores como tú y como yo! ¿Sabes quién me enseñó a rezar por ellos? ¡El coronel Guibarián! ¿Te acuerdas de él? ¡Era un hombre extraordinario! Cofundador de nuestro Fondo de Ayuda a las Víctimas de Torturas durante las Represiones. Te diré más, ¡fue idea suya! Era extraordinariamente culto y sabía captar perfectamente el espíritu de la época. Siempre decía: «Entonces nuestro dios era Stalin. Fue Dios todopoderoso el que le concedió el mando; nosotros nos limitamos a cumplir con Su voluntad. Después, el poder de Stalin se extinguió porque así lo quiso Dios y tuvimos que adaptarnos a otras formas de comportarse». Fue el coronel Guibarián el que pidió que me dejaran trabajar en aquel archivo; porque, de no ser por él, nunca me habrían permitido entrar. Además, me pidió que seleccionara a los ejecutados con apellidos armenios y le di unos cuantos nombres.

—¿Y para qué los quería?

—Se ocupaba de las familias de los armenios ejecutados. ¿Te das cuenta de lo noble que era? Como no podía cuidar de todos los que cayeron bajo la rueda de la represión, decidió dedicarse al menos a los de su propio pueblo. Por lo visto, tú y yo fuimos los encargados de ahorcar a un tal Babken Sarkisián. Tenía una hija de un año. Tiempo más tarde, el coronel Guibarián dio con ella y la acogió en su familia. Después, ella se casó con su hijo.

Iván Ivak no recordaba a ningún Sarkisián. Seguramente, no era diferente a todos los demás que Serguí Jarch y él mandaban al vacío existencial: asustado y ya muerto de miedo antes de morir. Solo Gabriel Deus destacó entre el resto.

A pesar del coñac ingerido, tras mi encuentro con Jarch decidí regresar a la editorial para escribir lo antes posible este, quizás ya el último, capítulo de la biografía de Iván Ivak.

* * *

—No sé si vas a poder con ello, Lilia. Dice tanto de ti. Desde la primera página. Hay muchos detalles que te interesarán, está claro, pero… —dijo Mijás tras terminar *El último deseo.*

—Me has dejado muy intrigada.

Mijás le acercó el cuaderno en silencio. Lilia fijó su mirada en la primera página.

—Si he podido sobrevivir a todo esto, ¿cómo no voy a poder leerlo ahora?

Mijás no dejó de sentir un runrún en el estómago hasta que Lilia acabó de leer *El último deseo.* Finalmente, giró la última hoja del cuaderno con el cachorro en la tapa y levantó la vista hacia él.

—Así que mi abuelo ejecutó a tu abuelo —dijo Mijás.

—Eso parece.

—¿Y cómo vamos a vivir con eso, Lilia?

—Pero fue mi otro abuelo el que dirigió todo el proceso. Y yo vivo con ello. O, mejor dicho, intento vivir al margen de ello.

—No será esa la razón por la que tu madre se quitó la vida, ¿verdad?

—Mi madre no se ahorcó por las represiones estalinistas, ni por mi comportamiento indigno, como me repetía a diario mi padre. Lo hizo cuando se dio cuenta de que aquel hombre con el que había compartido su vida durante tantos años ya no tenía ningún interés en ella. Dejó una carta de despedida para mí en manos de nuestro Gab. En realidad, Mijás, nuestro Gab me salvó. Yo seguí yendo a sus clases cuando tú y Pavló «abandonasteis». Después de aquello, mi madre no me dejaba ir a ningún sitio sola; me llevaba a la escuela y me recogía cada día. El control se volvió aún más estricto cuando me fui a ver a Valeri Ivánovych y él me llevó de vuelta en taxi. Pero yo tenía que ir a la escuela y hacer mis deberes. Les dije que necesitaba clases de inglés, aunque en realidad yo lo hablaba mejor que nuestra profesora.

—Ya, yo también hablaba mejor que nuestros profesores.

—Y volví con Gab. Él lo entendió todo perfectamente.

—Ya lo entendía antes.

—Sí. Mamá me dejaba y me recogía... Me puedo imaginar lo que debía odiarme en ese momento. Mi padre la obligaba a estar siempre conmigo, y ella no podía encontrarse con el hombre al que amaba.

—¿Llegaste a descubrirlo?

—Sí, tuve la oportunidad de conocerlo. Pero esa es otra historia, que me pertenece a mí, y solo a mí. Ahora centrémonos en nuestro querido Gab. Él les dijo a mis padres que tenía que continuar estudiando, y aceptó darme clases cobrando una tercera parte de lo que le pagaban antes, cuando íbamos los tres. Mamá me llevaba y me recogía, pero durante la clase estaba sola. A veces se quedaba en la habitación de al lado mientras Lázyk le lamía las manos. Ella no entendía nada de lo que Gab y yo decíamos en inglés. Él me enseñó cómo tratar al desquiciado de mi padre. Entonces comprendí por qué mi padre no quería casarse. Mi abuelo también lo comprendía pero, aun así, insistió en que se casara con mamá. Después de la muerte de mi madre, viví algunos años con mi padre; entonces dejó de maltratarme y, al contrario, sentí que empezaba a respetarme. Para empezar, Gab me explicó que mis padres eran personas profundamente infelices, aunque por fuera no lo aparentaran. Por eso buscaban la forma de descargar su frustración en cualquiera. Conmigo tuvieron la excusa perfecta. Su hija era una libertina precoz. Tu abuelo lo describió perfectamente: los jóvenes buscan el sexo precoz cuando les falta el afecto en casa.

—No creo que a Pavló le faltara el afecto de sus padres, pero quién sabe… Lilka, aún no sé cómo he podido soportarlo, pero tengo que confesarte que fui yo quien te delató a tus padres. Envidiaba mucho a Pavló; él tenía novia y yo no me comía un rosco. Él presumía todo el tiempo de ti, y contaba todo lo que hacíais en la cama de tus padres. Y yo, como mucho, tenía poluciones nocturnas. No tenía ni idea de que aquello acabaría por arrojarte al infierno. Ya está, ya lo he vomitado. Ahora ya lo sabes.

—Ya lo sabía entonces, Mike. Gab me lo explicó.

—¿Me estás diciendo que cuando empezamos a salir, cuando te traje los poemas de Geoffrey Hill de parte de Pavló, tú ya sabías que yo era la causa de todas tus desgracias?

—Mike, te lo vuelvo a repetir, lo supe desde el principio. Gab y yo dedujimos que tú eras el único que podía haber llamado a mis padres. Y nunca te lo reproché. Al contrario, me encantó saber que os gustaba a los dos. Y entendí que uno no quisiera aceptar que yo hubiera preferido al otro. Porque entonces no estaba enamorada de ninguno de vosotros dos. Aunque me encantaba que me quisierais a la vez.

—¿Y…?

—Pues que me enamoré de Gab. Solo después comprendí que era un hombre del que una no se enamora, alguien que no necesita el amor de una mujer. Él despertaba otro tipo de sentimientos.

—Sí, era un solterón empedernido. Y con motivo. ¿Es posible que fuera como tu padre?

—Es posible. Pero eso no es lo más importante, Mike.

—¿Has leído lo que Pavló escribió sobre Gab?

—Lo he leído, Mijás. Lo leímos juntos tú y yo. Gab me decía: «El comienzo de la vida sexual es un maravilloso rito de iniciación. Uno goza de una gran libertad y, al mismo tiempo, se enfrenta a una gran esclavitud. Y está en sus manos elegir la libertad y no la esclavitud. A los niños les está prohibido entrar ahí hasta que alcanzan una cierta edad, porque la probabilidad de sucumbir a la esclavitud es demasiado alta. Pero si ya ha sucedido, no hay camino de vuelta. Solo queda luchar por la libertad».

—Tuviste suerte de seguir visitándolo… Mi madre intentó dar con él cuando yo aún vivía con mis padres.

—Sí, desapareció justo después de entregarme la carta. La leí en su casa. Todo estaba patas arriba, como cuando alguien está a punto de irse. Tal vez emigró, como los padres de Pavló.

—¡Me encantaría volver a verle! ¿Igual aparece si se publica *El último deseo*?

—Puede ser —respondió Lilia—. ¿Qué otra manera tenemos de encontrar a nuestro Gab? De un modo u otro, aún sigue entre nosotros, aunque sería fantástico si nos volviéramos a ver de verdad.

—Le enseñaría mi traducción de *Tenebrae*, de Geoffrey Hill. *Tenebrae* significa «tinieblas». No sé si conseguí transmitir toda esa acumulación de sentidos. —Y, de un archivo que acababa de encontrar en el ordenador, Mijás leyó con voz apagada:

Esta es la ceniza de un glorioso lilio,
este es el interrogatorio en las mesas alargadas,
esta es la verdadera fusión de dos almas hermanas,
esta es la furibunda soledad del deseo,
este es el coro del consentimiento obsceno,
esta es la voz solitaria de la plegaria más pura...

Sin planearlo, casi contra su propia voluntad, Valeri Ivak había realizado un viaje relámpago a la Ciudad de los Edificios Grises. Apenas salió a la calle y decidió quedarse la mayor parte del tiempo en la casa donde había nacido y vivido hasta casarse. Solo una vez se aventuró a dar un paseo, cuando ni su hermana ni el marido de esta estaban en casa. Subió por la calle Malovolodímyrska —Irina Vasílivna insistía en llamarla así, por su antiguo nombre—, luego continuó cuesta arriba hasta la Velyka Pidvalna y, atravesando la calle Reitarska, llegó al edificio gris claro donde en otro tiempo había vivido Gavrylo Matvíiovych, a quien los niños llamaban Gab. Se quedó unos minutos parado frente a aquella casa, mirando hacia el cielo, a las ventanas de aquel apartamento del último piso.

Tal y como había prometido, la víspera de su partida Mijás le llevó el cuaderno del cachorro. Lo convencieron de quedarse a cenar con sus padres y su tío.

—No le digas nada de Lilia, por favor —le suplicó a Mijás con la mirada su madre mientras él llamaba a su novia para avisarle de que se quedaría en casa de los padres.

—Si no puedo hablar de lo que quiero, me voy y os quedáis a cenar vosotros solos —respondió Mijás, y retiró bruscamente la mano que su madre le agarraba implorante. Sin embargo, durante la cena no dijo ni una sola palabra sobre Lilia. En la mesa, continuaron discutiendo animadamente sobre *El último deseo.* Nadie convenció a nadie de nada. El principal argumento con el que Irina desbarataba todas las acusaciones dirigidas al padre era que su descripción de los calabozos estalinistas era pura ficción. El padre no tenía ni idea de lo que realmente pasaba. Sí, cierto, había trabajado en los órganos del Estado. Pero allí la gente se dedicaba a todo tipo de cosas, a copiar documentos, y a trasladarlos de un archivo a otro. Nunca había participado en tareas operativas; de haber sido así, al menos habría obtenido un rango superior al de sargento.

—¿Y qué me decís de ese hombre al que nunca llegaron a ahorcar? ¡He disfrutado muchísimo leyéndolo! ¡Me ha parecido un argumento genial! Es ese personaje, en particular, el que demuestra que, en el fondo, papá era un romántico, y no un ser perverso. ¿Cómo hubiera sido, si no, capaz de inventarse un personaje tan atrevido y tan atractivo como Gabriel Deus?

—Es un personaje fascinante —confirmó Mykola—, aunque muy poco realista. Eso sí que es literatura en estado puro. ¡Ojalá la fortaleza de espíritu fuera suficiente para salvar a alguien de su ejecución!

—¡Papá supo tejer la trama con muchísima habilidad! Una misma persona aparece en distintas etapas de la vida del protagonista. Hay cosas que sí son ciertas, y otras que no. Yo conocí bien a Sofía Volodímirivna, del edificio gris de la calle Artema. Y tenía ese aspecto andrógino, sexualmente neutro, si hablamos en términos científicos. En cambio, yo creo que Sofía Volodímirivna no se parecía en nada a Magovski. Este sí tenía un pelo largo que le encantaba a nuestros hijos. Pero no era afeminado; en seguida se notaba que era todo un hombre. Y de él papá no escribió nada.

—Creo que no lo conocía.

—Pero que podamos confirmar la veracidad de algunos hechos no significa que todo lo que dice papá sea verdad.

—Mykola —preguntó Valeri, recordando de pronto un episodio de *El último deseo* cuya veracidad hacía tiempo que deseaba aclarar—, ¿tú te acuerdas de aquel Fondo de Ayuda a las Víctimas de Torturas durante las Represiones? Un nombre, seamos sinceros, un tanto rimbombante.

—No sé, ¿a qué fondo te refieres?

—¿No te acuerdas de que papá menciona a un compañero suyo, que supuestamente llegó a ser el presidente de este fondo? Habla de una tarjeta de visita que tú mismo le dejaste sobre el escritorio...

—A ver, déjame pensar. Hace mucho que no trabajo en el periódico; en los noventa había una infinidad de diarios que hoy ya no existen... Pero ¡sí, claro, ahora me acuerdo! Le hice una entrevista para el periódico. Fue una de las experiencias más impactantes de mi carrera periodística. ¡Era un personaje extraordinario! Había pasado por un auténtico infierno y, milagrosamente, consiguió conservar su esencia humana. Dirigió el Fondo de Ayuda a las Víctimas de Torturas, y creo que colaboraba con todas las confesiones religiosas de Ucrania. ¡Hasta le dieron un diploma del Vaticano por su calidad humana!

—¿Y cómo dices que se llamaba? —preguntó Valeri.

—Serguí Járchenko.

—¿No sería Jarch?

—Es posible que fuera Jarch. Aquello fue antes de que existiera Internet. En alguna parte debo conservar aún el ejemplar del periódico con la entrevista; lo buscaré. Iván Zajárovych cometió una terrible injusticia poniéndole a su compañero ficticio el nombre de aquel buen hombre.

—Pero, por lo que decís, papá también se atribuyó pecados que no había cometido...

—Sus motivos tendría —dijo pensativo Mykola.

—¡Para darle un poco de emoción! —exclamó Irina—. ¡Papá era escritor! En ese sentido estaba bloqueado. Escribía al dictado de la ideología, no para que sus obras fueran algo ameno y entretenido de leer. Toda la literatura soviética ucraniana era indigerible. ¡Y entonces llega Iván Ivak y se inventa una historia de intriga! ¡Y escribe esta fascinante e inclasificable autobiografía imposible de verificar!

—Señores —interrumpió la conversación desde la mesa Mijás—, ¿no les parece que están malinterpretando el mensaje de nuestro querido abuelo?

Los mayores se quedaron en silencio y se volvieron hacia el más joven de ellos.

—Yo creo que este texto ha llegado hasta nuestras manos para que le encontremos un editor. Iván Ivak fue un escritor muy publicado en su tiempo. Y aquí están presentes sus dos principales herederos. La abuela, o sea, la esposa del autor, falleció hace tiempo. Así que sería normal que la suerte del manuscrito la decidieran sus hijos.

—Parece de lo más sensato —asintió Valeri.

Mykola e Irina empezaron a exclamar en voz alta lo inteligente que era Mijás, por lo que el muchacho se vio obligado a subir la voz una octava.

—Como título, *El último deseo* resulta sumamente polisémico. No se refiere únicamente a la oración en el lecho de muerte. Es también el deseo de ver su obra publicada. Mamá acaba de decir con toda la razón del mundo que, como escritor soviético que era, estaba bloqueado. Pues bien, seguramente su último deseo era que a sus lectores les llegara su primera y única obra desbloqueada.

Los presentes aplaudieron la propuesta de Mijás. Este añadió que, personalmente, lo que más le había gustado no era el personaje de Gabriel Deus del final, sino aquella mujer huesuda del principio de todo. Era igual que su profesora de música, la que vivía en el edificio gris de la calle Frankó, muy cerca de ellos. ¡Con qué destreza la había descrito el abuelo! Seguro que se habían cruzado más de una vez por la calle.

La mesa acordó que Valeri dejaría el cuaderno en Kyiv, y que la hermana y su marido intentarían encontrar un editor para *El último deseo.* Y Marina y Pavló ya leerían el libro una vez publicado.

—Mis padres han decidido buscar por su cuenta un editor para *El último deseo* —dijo Mijás a Lilia por teléfono desde el coche.

—No lo encontrarán, y muy pronto vendrán a pedirnos ayuda —respondió Lilia.

Mykola e Irina Burkó estaban convencidos de que no tendrían problemas para encontrar a alguien que quisiera publicar *El último deseo,* de Iván Ivak. E incluso confiaban en percibir unos honorarios que, como acto de reparación, dedicarían a la restauración del monumento del difunto. Alguien les aconsejó asistir a la feria del libro, donde se reunían todos los editores de Ucrania. Se pasaron un día entero de un *stand* a otro, ofreciendo el libro de su padre. Algunos editores se negaban rotundamente a tratar con escritores soviéticos.

—¿Iván Ivak? ¿El que escribió *El verdugo*? Lo siento, no está entre las prioridades de nuestra editorial.

Otros decían que les interesaban las memorias y que podrían considerarlo, siempre y cuando la edición fuera costeada por las personas interesadas.

—¿A qué personas se refiere?

—Digamos que a los herederos del escritor.

Pero incluso aquellos editores que se manifestaban dispuestos a contemplar la publicación con apoyo económico se negaban a leer el manuscrito. Lo querían en formato electrónico, y que lo enviaran al correo de la editorial. Ni Irina ni Mykola estaban preparados para hacer una versión electrónica del texto de su padre.

Por la noche, Mijás llamó a sus padres.

—¿Y qué tal la visita a la feria del libro?

—Mira, querido —le respondieron—, fuiste tú el que propuso publicar *El último deseo* del abuelo, así que encárgate tú de conseguirlo. Aquí, lo único que les interesa a los editores es nuestro dinero.

Días después, Mijás les devolvió la llamada. Había encontrado una editora de prestigio que estaba dispuesta a leer el texto. Prometía revisar el manuscrito, porque la letra del abuelo era clara. Por el momento, no podía prometer honorarios, como mucho un porcentaje de las ventas, pero si el texto le gustaba, lo publicaría a su costa.

Entonces surgió otro problema. ¿Entregarían el único ejemplar, a riesgo de que se perdiera? Ni Mykola ni Irina tenían ningún interés en transcribirlo. A ambos se les acumulaba el trabajo. Así que, de nuevo, confiaron a Mijás el cuaderno del cachorro en la tapa, todavía en el interior de la bolsita de plástico del Duty Free de Varsovia. Y Mijás y Lilit lo llevaron a la editorial que alquilaba oficinas, en el antiguo apartamento de los Guibarián.

—No se parece en nada a la editorial a la que fue mi abuelo hasta sus últimos días —dijo Mijás, recorriendo con la vista los cuadros de las paredes y saboreando el coñac con el que la editora agasajaba a los visitantes. Recordó cómo, junto a su madre, habían ido a recoger las pertenencias de su abuelo en aquella otra editorial, aún soviética o postsoviética, y la diferencia con esta, a la que lo había conducido Lilia, era como la que existe entre el cielo y el infierno.

* * *

Aún quedan algunas páginas en blanco en mi cuaderno. Así que seguiré viniendo aquí hasta el final. Pasaré aquí las tardes, leeré, escucharé a Milva, el mismo disco que me regaló Vira y que, por alguna razón desconocida, Liuba no podía soportar. Y será aquí donde acabaré de escribir, a mi ritmo, las páginas que quedan.

Últimamente, alguien ha decidido torturarme. Al otro lado de la pared resuena, una vez y otra, el dichoso *Con paso firme, camaradas.* ¿Qué necesidad hay de atormentar a un pobre anciano que ya no puede hacerle daño a nadie? ¿Quién merodea por los despachos de al lado, que la editorial alquila a todo tipo de empresas? Durante años esa canción se me hizo insoportable, y apagaba la radio de casa siempre que la ponían. Después, poco a poco, dejó de despertarme aquellas terribles asociaciones. Al fin y al cabo, la canción no tenía ninguna culpa, y aquello de «en la lucha nuestro espíritu se fortalecerá» tampoco eran tan malas palabras. Hasta que un día dejó de sonar en la radio del País de los Sóviets. Y de repente, como si fuera solo para mí, ahora oigo cómo esta maldita canción retumba al otro lado de la pared y me pone los nervios de punta.

He hablado ya varias veces con el vigilante. Jura y perjura que aquí no queda nadie y que todo el mundo le devuelve las llaves religiosamente. Me aconseja que me tome unos días de descanso, que cuando vuelva la canción ya no sonará más. Cree que sufro alucinaciones. Pero las alucinaciones no suelen ser tan nítidas. Son más bien como una niebla, una niebla espesa, lechosa, en la que las formas apenas se insinúan. Son un zumbido en los oídos, entre el que apenas se oye algo. Pero cuando al otro lado de la pared suena con nitidez un tocadiscos o un magnetófono, y reconozco el estruendo de ese (¿indecoroso?) coro revolucionario del País de los Sóviets que participaba en todos los conciertos oficiales, eso ya no son alucinaciones.

¿Por qué me torturo así? ¿Por qué sigo viniendo a este despacho y me obligo a escuchar esa canción que se repite una y otra vez al otro lado de la pared? Ahora, por ejemplo, está sonando. Estoy en el despacho de la editorial, oigo unos pasos detrás de la pared y no les tengo miedo. Antes me habría asustado, pero ahora ya no. ¿A qué debo tener miedo? ¿A la muerte? Pues la llamo. ¿Al infierno? Ya he estado en él en más de una ocasión. Ahí van. Alguien ha entrado en el despacho, oigo cómo chirría la puerta, cómo cruje el parqué del despacho. Pero no veo nada porque se ha ido la luz. Cuando vuelve, apenas tengo tiempo de escribir este párrafo.

... Ya no me apetece recordar el tiempo pasado; prefiero explicar con todo lujo de detalles lo que acaba de ocurrir hace unos minutos. Hace un momento sonaba furibundamente *Con paso firme, camaradas,* y unas manos me estrangulaban con toda su fuerza. No, no eran unas manos; era una soga, que alguien, detrás de mí, estrechaba alrededor de mi cuello mientras la música continuaba retumbando. Entonces me asaltó un pensamiento atroz: ni siquiera ALLÍ encontraré la paz. Moriré con los oídos inundados por esos malditos himnos revolucionarios y con la boca llena de mi propia lengua. ¡Es horroroso! Hace tiempo que me he convertido en un anciano, he dejado de ser un hombre, pero ahora me consume el horror del deseo masculino. Y esa sensación, tan anhelada por un hombre, ahora se me figuraba como algo espantoso. Sentí lo mismo que sintieron ellos cincuenta años atrás. Y fue aún más atroz que cualquiera de mis recientes ataques que, por cierto, solo cesaron cuando hablé de mi última guardia nocturna en el sótano de aquel edificio gris de la calle Volodymyrska.

Pero si entonces me hubiera negado a hacerlo, habrían encontrado a otro verdugo, y yo no habría podido salvar a nadie. Como mucho, a mi alma inmortal, si es que de verdad existe. Los cristianos afirman que sí, pero yo nunca podré ser un auténtico cristiano. Ni siquiera ahora, a las puertas de esa nada que presiento tan cercana. Si según la ley de Cristo mis pecados son la garantía del sufrimiento eterno, entonces, Dios me libre, prefiero la nada comunista. Y apenas pensé eso, se obró el milagro: la música se apagó y la soga alrededor de mi pescuezo se aflojó.

—¿Cuál es tu último deseo, Iván?

Reuní las pocas fuerzas que me quedaban para volver la cabeza hacia la voz. Sobre un montón de libros arrinconados se sentaba un rostro familiar, con una melena abundante y destellos de felicidad en los ojos. Era él quien había apagado *Con paso firme, camaradas* y ordenado al otro que destensara la soga. ¡Pero ellos tenían que escuchar aquella maldita canción hasta su último aliento! ¡Por Dios, qué angustia cuando te impiden respirar! La tortura es mucho peor que la más terrible de las enfermedades.

Gabriel Deus se levantó y dio un paso hacia su antiguo verdugo. Vestía una túnica blanca y de su cuello colgaba algo brillante.

—Así pues, Iván, ¿cuál es TU último deseo?

—¡Aquella oración! La que cantaste en la sala Menos Treinta y Uno, delante de la horca. ¡Hace cincuenta años! —dije, sin saber por qué, utilizando las mismas palabras que mi abuela—. Quiero volver a oírla, y morir…

Y volví a sentir lo que Gabriel Deus había cantado aquella noche. No veía nada, pero podía escuchar aquel canto maravilloso, indescriptible, de una religión ignota, o quizás de todas las religiones que existen en el universo humano. El canto duró quizás unos segundos, o quizás unos minutos, no lo sé. Y después de aquellos segundos, o minutos, o horas, lo que fueran, me invadió una paz interior que nunca creí que pudiera existir en este mundo.

Ahora todos se han ido y el despacho está completamente vacío. Quizás aún viva algún tiempo más. Y regrese de nuevo aquí. Pero el último acontecimiento trascendental de mi vida ya ha sucedido. Y lo he podido anotar en el cuaderno del cachorro, del que puedo afirmar que ya se han escrito todas sus páginas.

* * *

Ahora, Lilit Guibarián camina a solas hacia la casa de la calle Tolstói.

—Se han ido todos, pero la señora Sofía aún sigue en su despacho —le dice el portero.

Lilit sube al tercer piso y entra en la editorial Lilit. Siempre viene cuando los demás empleados ya se han marchado.

Entre los armenios, Lilit es un nombre muy popular. Se lo ponen a una de cada cinco niñas, y ha perdido casi por completo su profundo simbolismo bíblico. Pero no es el caso de Lilit Guibarián.

—¿Te importa si le pongo tu nombre a la editorial? —le había preguntado Sofía Zot años atrás.

—¿Sabes que en Armenia hay una infinidad de cafés y salones de belleza con mi nombre? —respondió Lilit Guibarián.

—Pero yo quiero devolverle su sentido más ancestral. No te molesta, ¿verdad?

—Tu nombre también está cargado de simbolismo y de significados que se pierden en el tiempo —replicó Lilit.

—Sí, pero el mío ha sido tan usado que ya casi nadie ve nada en él.

—Sucede lo mismo con el mío en Armenia.

Lilit atraviesa las habitaciones oscuras y llama a una puerta cerrada. Le abre una mujer hermosa, de edad indefinible, que responde al nombre de Sofía Zot. Esta la recibe con una amplia sonrisa y la invita a pasar a su despacho.

—Entra, siéntate.

Las dos mujeres guardan silencio durante unos instantes. Están en la sala donde antes colgaba el retrato de un monje con una cuculla en la cabeza. Ahora, en cambio, cuelga el retrato de una figura con una exuberante cabellera y una mirada tan intensa y profunda que cuesta creer que sean los ojos de una fotografía. El fotógrafo captó aquella escena cuando el viento agitaba su espesa cabellera y su chal de colores.

—¿Quién es esa mujer, Sofía? ¿O es un hombre? —se atreve por fin a preguntar Lilit. Sabe que, si Sofía no quiere, no habrá respuesta.

—Es algo que va más allá de eso... He decidido publicar *El último deseo.* Mis colaboradores se encargarán de transcribirlo. Intentaremos que el manuscrito original no se pierda, aunque no te prometo nada.

—¿Qué más da? Lo importante es el libro —responde Lilit.

—Y tú, ¿cuándo me vas a traer el tuyo? —pregunta Sofía.

—Mi abuelo aún espera la llegada de la muerte en Armenia —responde Lilit sin venir a cuento.

—¿Sigue en el monasterio? —pregunta Sofía.

—Lo echaron, a pesar de todas las donaciones que hizo en su tiempo. Ahora vive en una choza al lado. Pronto cumplirá cien años. Pero aún no ha decidido cuál es su último deseo.

—Tú termina el libro. Seguro que le servirá de ayuda. ¿Qué te apetece beber?

—Como buena armenia, un coñac como Dios manda. Y me atrevo a decir que tú tienes uno. El mismo que servían como último deseo a los condenados a la horca y que, en realidad, siempre se acababan bebiendo los verdugos.

САЛОН
Лилия